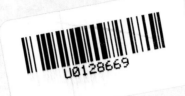

文史哲詩叢

徐傳經著

# 東海寄廬七十詩鈔

文史哲出版社印行

國家圖書館出版品預行編目資料

東海寄廬七十詩鈔 / 徐傳經著. -- 初版. -
臺北市：文史哲, 民 94
面： 公分. --（文史哲詩叢；67）
ISBN 957-549-620-5 (平裝)

851.486　　94016295

文史哲詩叢 67

東海寄廬七十詩鈔

著者：徐傳經
台北郵政 117－745 號信箱
出版者：文史哲出版社
http://www.lapen.com.tw
登記證字號：行政院新聞局版臺業字五三三七號
發行人：彭正雄
發行所：文史哲出版社
印刷者：文史哲出版社
臺北市羅斯福路一段七十二巷四號
郵政劃撥帳號：一六一八〇一七五
電話886-2-23511028・傳真886-2-23965656

實價新臺幣三二〇元

中華民國九十四年（2005）九月初版


ISBN 957-549-620-5

# 東海寄廬七十詩鈔

徐傳經著

## 内容概要

一、許將軍題辭、著者自我題辭
二、自序及彥平序
三、目　錄
四、詩鈔（第一輯至第九輯）
五、附數類統計表、曆年對照表

傳經先生七十詩鈔

末世人心詭　先生勇有為
誅邪揮莫劍　勵志寫新詞
堅守一中義　常憂兩岸非
跫音空谷響　吾道信無疑

許歷農題
民國九十年
辛巳冬月

## 許歷農將軍簡介

陸軍上將許歷農，號耕圃，原籍安徽省貴池縣，陸軍官校及三軍大學畢業，歷任師長、軍長、軍團司令，金門防衛司令，國防部總政戰部主任，行政院退除役官兵輔導會主委，國民大會代表兼主席團主席，八十三年辭卸公職後、仍任國家統一委員會副主任委員迄今。八十三年新同盟會成立，當選為會長，主張以三民主義統一中國，九十一年民主團結聯盟成立，又當選為主席，以全民團結、力行民主憲政，反對分裂國土、促進國家統一為宗旨。

# 自題七十詩鈔卷首

七十今云始　連年幸有為
敬宗修譜牒　紀事寫詩詞
讀史明興替　砭時別是非
獨行其踽踽　邁步不遲疑

甲申仲秋徐傳經於臺北東海寄廬
時年七十有八

## 《詩鈔》著作人簡介

徐傳經字金聲，原籍湖南平江，兵工學院十四期畢業，歷任陸軍及聯勤各廠技術員，工程師、以及主管職，官陸軍兵工上校。民國七十八年退伍後，沙獵文史，大陸開放後四次返鄉探親，協助家族續修族譜，重整歷經毀壞之千年祖墓，蒐集原鄉民俗方言資料。又研習古典詩詞、從事寫作，茲編輯其歷年詩作付印。子彥平，東吳大學畢業，從事媒體編輯工作有年。

# 自序

拙作詩集定名爲《東海寄廬七十詩鈔》後，上陳新同盟會會長許歷農將軍，承惠予署箋並賜題辭，實不勝榮幸，在此先致由衷謝意與敬意。

詩鈔輯成，循例序於卷首。

名曰「東海寄廬」者，乃因我徐氏源出東海，先祖徐安貞官唐玄宗朝中書侍郎，因避祿山亂，自長安南下，流寓湖南平江，後裔世代居焉。余出生於平江北鄉鐘洞，自幼因躲災避難求學等等，甚少居留故里，但對原鄉風土人情，總難忘懷。尤以民國三十七年底來臺後，一住五十餘年，其間思鄉情懷，更是無以抒解。是以自小至今，每將寄寓處所，小則一牀一榻，或則一室一戶，咸命之曰「東海寄廬」，所表達者，聊寄其間耳。所謂寄，源自李白「夫天地者萬物之逆旅，光陰者百代之過客」，人生不過百年，自天地視之，不啻寄宿一宵暫擁一榻而已。尤其臺灣地處東海尾閭，以「東海寄廬」名吾居，正是名實相副。

問我爲何念念不忘故居，未嘗或忘其所從來，答曰人性如此，物性亦然也。柳宗元《望故鄉詩》、「一身去國三千里，散向峰頭望故鄉」，杜甫《赴奉先縣詠懷五百字》、「葵藿傾太陽，物性固然也」，古詩十九首《行行重行行》、「胡馬依北風，越井、流落他鄉之人眾，其懷舊思鄉情結，更是人同此心、心同此理。鳥巢南枝」等等，都證明我想法與古人相合。古人如此，今世凡經歷變亂、曾經離鄉背

其曰《七十詩鈔》者，乃因自民國七十七年兩岸開收交流、到八十三年初次還鄉探親，再到九十年生病住院，（公元一九八八—一九九四—二〇〇一）涵蓋七十歲（一九九七）前後一共十幾年歲月，爲我寫詩主要時期，大部分作品成於此時。既曰《七十詩鈔》，七十初度當然有詩，曾賦《七十感懷》四律、呈奉親友，承蒙甚多友好惠予和贈，乃將原作及和詩編爲一輯，並依《感懷》第四首韻再賦一律、作爲自我題辭，刊於卷首，許上將題辭五律詩、即次此詩韻。

民國六十八年七月我從兵工退休，從退休到七十七年兩岸開放，其間偶有吟詠，記敘生活細節或時事點滴，僅有少數，記事而已，不足以言詩。又從開放到八十三年初次還鄉，因我探親遲遲其行，大陸親友乃來詩寄意、訴說相思，此間友好亦間有感時、做壽、還鄉等詩詠見寄，爲答和來詩、不負雅意，不得不改弦更張，從頭學習，用心寫作。以一理工人學力、一無師承，從無到有，於中國詩學得略窺門徑，寫作得稍有成果者，實緣此時期之自我努力學習有以致之。而好友曹家瑞亦偶爾隨機指點，一字之師，更是令我獲益良多。

自退休前二年以迄於今，家庭不時發生大小事情，如小孩求學，個人健康醫藥，婚姻失敗，以及其他生活情節，好壞不一，憂喜參半，感受殊深，每有詩紀，藉以抒解情愫。退休閒居，讀書自娛，從不出國旅遊，近年雖數度還鄉、探親而已，亦從不去內地

各景點觀光，是以遊山玩水、園林風景之作，全付缺如。又詩鈔中亦缺少男女情愛、浪漫綺美作品，雖然金末元初詩人元好問認爲，好詩要掃除兒女私情，要寫風雲悲壯之氣，要有風骨，要高古……個人並非追求高古，祇是生活平淡，缺少男女因緣，難以臆想杜撰、矯柔造作也，其實本人並非無情之人、或者太上忘情也。

八十三年至八十九年四次返鄉，大致先自臺經港回湘，再北上南下、橫走東西，繞行中國東半部，里程估共三萬里。除探親訪友尋舊外，兼辦家庭家族事務，包括遷建父母親墳塋，續修中斷六十年之族譜，整修先祖千年古墓，凡行旅會親治事等均有詩紀。探親會友、以及前此友朋酬唱之作，屬於應酬詩類者，爲數甚多，一般認爲、應酬詩大柢皆奉承阿諛、空言吹噓、不着邊際，徒事應付了事，拙作幸非如此，每一首詩，都能針對對方之特別性、或衡情論理，或感時撫事，量身打造、言之有物，而同一對象，亦因時空背景不同而着墨，不致千篇一律，落入今昔雷同了無新義之窠臼中。

七十歲前後十數年間，臺灣發生太多重大變革，以蔣經國總統逝世影響最大，雖然舊有威權消逝，而強權再起，內鬥激烈，毀憲廢省，掏空資產，一心以消滅KMT外來政權爲要務，引領本土勢力抬頭，以致選舉挫敗，政權失落。然則政黨輪替，政治並未向上提昇，反而向下沉淪，黑金益盛，經濟衰退，其所以局勢丕變者，除內部鬥爭、實力抵銷外，美日外來勢介入激蕩，更爲最主要原因。在此同時、島外大千世界亦有重大變化，海峽兩岸對峙情勢，日趨嚴峻緊張。個人身歷其境，真是怵目驚心，所以發爲吟詠，但並不足以抒發心中全部感歎，只是爲歷史稍留見證耳。

一九九七、九九，港澳回歸，至此西方國家在中國殖民之恥辱標記、完全剷除，誠爲世紀大事，全球矚目，吾人從電視螢幕新聞播報中，目睹英王儲交回香港之實況，不禁心情激動。民國二十六年日本發動侵華戰爭，實行南京大屠殺，一九九〇年代、七七抗戰屆滿六十週年，勝利亦五十年矣，我對此等歷史大事均有詩紀。於帝國主義之禍害中國，對當年日寇枉顧和平、肆意侵華，蹂躪吾土吾民之惡毒暴行，均予嚴詞譴責。英葡業已沒落、固無論矣，而東瀛雖戰敗投降，由於美國之刻意扶持、而迅速復甦茁壯，然而迄未悔改、自承侵略罪行，且明目張膽，窃佔我釣魚臺列島，企圖據爲己有。臺灣因甲午戰敗而失地，因抗戰勝利而光復，亡國之痛、島民理當切記不忘，但執政者竟然忘仇媚日，枉指日本殖民施政爲德政，並處處掩蓋其罪行，甚至有人以曾經當遇日本皇民而沾沾自喜，時思回歸祖國，並說釣魚臺爲日人所有，種種顛倒是非、認賊作父之言行，着實令人切齒痛恨。予於此輩，均寫詩斥責、以申正義。

于役兵工，從入學學習、參加工作、到屆齡退休，凡三十多年，其間經歷多少艱辛事，當年不諳作詩，一無記述，近年回顧、往事依稀，偶爾隨機吟詠、以爲補白，但所補述者、概略而已，未能表示當年困學勉行艱辛之百一。

個人生長於戰亂年代，深受戰爭危害，深知戰爭可怕，來臺後從事兵工、躋身軍人，戰爭爲軍人天職，固難逃避也。因從事後勤工作，未嘗馳騁疆場、衝鋒陷陣、殺敵致果，但也曾有派赴特種作戰之擬議，在金門砲戰後期，並曾臨時派赴前線檢查裝備，在基地服務、亦站在第一線擔任支前任務，凡此均爲面對戰爭之事實，但止戈爲武、擁抱和平之意念、從未去懷，對於百戰功高、保家衛國之將士、個人十分敬佩。但放眼當世、盡多芝麻綠豆官因一人得道而升天、無風無雨到公卿者，不識戰爭爲何物，不知兵凶戰危之可怕，卻奢談對抗決戰，打這打那，實屬荒謬已極，更是可悲可嘆。予於此輩自然給予棒喝。

由以上所述、可見拙作多爲詠時感事之作，白樂天與元九書云，詩合爲詠時詠事而作，實深獲我心。因詩爲經濟文字，未能如散文一般將時事背景完全敷陳，故詠時詠事之詩必須加以注記。詩鈔中甚多附注，意在闡明詩意，亦有不需注而加注者，旨在方便不同地區朋友之閱讀，並非嘵舌費辭，至於有當注而未注者、則爲隱諱避忌、欲存其詩而隱其事。

詩鈔收拙作詩詞二百餘首，主要爲五七律絕，雜言及詩餘僅少數。大多採直陳法、記事體，少比興、少幻想，不誇張、不落窠臼，文字尚稱通順、避免晦澀難解，此與個人出身從事有關，蓋身爲理工人、凡事求真務實、條理分明使之然也。此外亦收入親友甚多作品，附於自家相關作品之後，除有助對寫作背景脈絡之尋繹外，更有將友好佳作公諸大家同賞之意，讀者其留意焉。至於自作及親友作品數類，則作成統計表附於卷後，可資查考。

拙作詩少數投登臺灣楚騷吟刊、國是評論月刊，臺北軍校校友通訊，美國中正理工校友通訊等書刊，在大陸亦有甚多詩詞學會、如北京華夏吟友、陝西詩詞學會，湖南詩詞、益陽當代吟壇，長沙東方時報、平江時報，平江天岳詩社等，都採錄拙作刊入所屬詩刊，尤以一九九八年華夏吟友第三卷、刊出拙作十三首，為臺灣吟友作品刊出次多者，實屬異數。又由湖南張榮毅先生主編、豫定二〇〇五年十一月，由北京炎黃出版社出版之《近百年中華吟壇拾粹》，收入拙作詩詞十三首，好友余興漢之詩詞亦收入三十首，集中更多近代名人詩作。興漢兄為名詩人、其詩詞入列、固然實至名歸，小子後起記事之作、得附驥尾，實屬高攀，但能以文會友，亦覺與有榮焉。

詩鈔編輯，亦有數端與眾不同，略述如下。

其一、本詩鈔一改一般依五七律絕及詩餘等以類編法，而採用編年體，將作品依寫作時間先後分年編輯，某年或某一段時間之特殊課題，彙為一輯，總共編為九輯。每輯內容亦依時間先後及詩詞類別、分段集中編排，清楚區分、避免混雜。

其次、詩作標題之下、大多注記寫作時間，時間年月注記，民國、公元、農曆干支紀年並用，如（民國）七十七年七月，八三、三、二〇，（公元）一九九八、四、一二，二千年三月，（農曆）甲戌冬至、丙子五月等等，都是寫作時隨機注記，不另作統一規範。但將新舊曆年製作對照表、附於卷後，以供查考。

第三、標題適切簡化，取銷敬奉等俗套用語，凡先生、女史或其他尊稱頭銜、能免則免。又全部除去「未定稿」「初稿」字樣，在編輯時，親友大作均徵得同意刊出並商酌定稿，自作亦全部敲定，故詩鈔中無不定草稿收入。

第四、所錄親友作品詩題之上，均加明顯標示，俾與拙作清楚區分，一目了然，得免自作他作混淆不清之弊。

第五、關於詩鈔版面，亦予妥當規劃，二首三首或多首詩刊於同一版面時，二首之間酌留空間區隔，避免壅塞感覺。標題字體加大，一首詩必在同一頁面完全刊出，不使編排至於次頁。（當然少數古體長詩亦有跨頁者。）詩後所附注記、使用較小字體，並降低格欄，俾與詩詞本文區分，一首詩之附注、基本上與詩本文刊於同一頁內，其有注記較多較長者，則分段刊出，同一段落務必刊於同一頁中，不使轉至次頁，以免前後兩頁互相牽扯。版面規畫承彭正雄先生仔細安排，謹此致謝。

總之拙作內容平平，無可稱道，但因曾經付出甚多心力，成爲個人生涯一部分，故爾敝帚自珍，本擬早日付梓，緣因八十九年底臥病，纏綿至今未得康復，校編幾近停頓，加以故人老友亦皆久別遠離，無從請益，以致遷延時日。於今編輯完成，又經多次檢視，雖不完全滿意，但能結集付梓，了卻一大心願，亦云幸矣。至於學詩寫詩、乃至出版詩鈔，可說出於偶然，非我素志，是以此卷輯成再無詩。是爲序。

中華民國九十三年甲申仲秋 **徐傳經** 於臺北東海寄廬時年七十有八

# 彥平序——永遠的鄉愁——

與其它文字體裁不同，詩、不只是看的，還必須要唸出聲音來，才能在節奏感中、接觸到如歌的律動。在我的記憶中，父親作詩的起點，就是從聲音開始。

差不多是我上大學的前兩年，家中常常傳出像唸咒般斷斷續續的喃喃細語，又像是有人摀着嘴偷偷講電話的聲音，經過一番觀察、發現那是父親的語調。無論走到哪裡，客廳看電視時也好，浴室洗澡時也罷，只要父親有機會獨處一室，便像是忍不住滿腔秘密的人一般，順口唸出我無法理解的字句，後來我才知，那是父親正在斟酌、推敲、盤算他詩中的起承轉合、平仄押韻。回想起來、距今已是十幾年的光景。

在專注寫詩之前，印象中父親最大的娛樂便是打麻將，《詩鈔》內也收錄了他自嘲牌桌上你爭我鬥的作品〈方城戲〉（頁三）：「親朋無事築方城，即興遊玩亦認真，搶槓攔胡拆注碰，緣何爭鬥不饒人。」雖說嗜好，父親並不沉迷，頂多是逢年過節應景遊戲而已。不過打麻將一桌四人，常有三缺一的難處，而且牌桌上說長道短的言不及義，也不合父親的個性，十幾年前，突然就放棄不玩了。大概父親開始認真做詩的那一年，就是他放棄方城之戲的同時，似乎那些一開始曾被我誤解成唸咒的喃喃細語，真的具有魔法，能驅散現代人揮之不去的無聊氣氛，能召喚古今詩人的魂魄，重新賦予老人家一種新的人生趣味。

父親作詩、主要是在七十歲前後一共十幾年時間，早就有意將歷年詩作整理出版，無奈病痛纏身，幾經波折，近來病體稍好，才認真校編。常見他打起精神，不畏溽署寒流，常常斗室孤燈，不停工作，終於編成了《東海寄廬七十詩鈔》全卷。爲甚麼要這樣辛苦認真，在〈輯成自題卷後〉詩裡（頁二三五）、說得很清楚：「連年積稿久縈懷，細審精編付梓排，敝帚緣何珍若是，只因字字紀生涯。」這本以編年方式呈現的《詩鈔》，記錄了父親多年來的思想，從某方面來說，它是一本日記，記錄了父親的生涯，也記載了我的成長。〈壬午三月平兒三十〉（頁二三二）：「轉眼於今三十歲，號稱而立卻身單，從來詩詠宜家室，古調時新不復彈。」道盡了父親對單身獨子的焦慮與諒解。

〈退伍十年〉（頁四）：「解甲幽居又十年，紛華勢利去如煙，親朋寄語來相問，回道平安不欠錢。」這首七絕詩，點明父親傲骨不求人的硬漢性格，我特別喜歡「回道平安不欠錢」這句，有點俚俗、卻灑脫至性，「平安」所以請他人不要掛念，「不欠錢」所以自由自在、沒有牽扯，世間凡人最大的幸福、莫過如此。

除了「紀生涯」，《七十詩鈔》依內容還可以粗略分成「談鄉愁」、「評時事」、「交朋友」、以及少數寫景抒情的詩作。

鄉愁是中國人寫詩最重要的主軸，被視爲詩人典範的楚國大夫屈原，當年在汨羅江抱石沉河，留下《離騷》成爲中華民族永恆的精神資產。屈原自盡的汨羅江，其上游汨水正出於父親家鄉平江縣，大詩人孤臣孽子的聲聲喟嘆、想必也融入了千古川流不息的江流，化作拍岸驚濤，衝擊到父親童年的心靈，永留記憶。一九九四年秋天、在離鄉四十六年後，父親終於踏上歸鄉之路，撫慰了他的鄉愁。他千情萬緒寫下了〈甲戌仲秋還鄉探親紀事〉詩（頁四八），分成懷鄉、還鄉、返家、探親、登城、延賓等六則，各自獨立而又前後相連，記述一個多年漂泊在外的遊子、對家鄉江山依舊人事全非的心靈感受。六篇貫通同一種鄉愁，但各自明白表述主題，是真感情下的理性之作。

之後在九六、九八、九九年、父親又三返家鄉，爲修族譜、修祖墓之事操勞，出錢出力，費盡精神。一九九七年族譜梓成，他有詩誌喜（頁一五九）。祖墓初步工程於一九九九年底完成，雖未全部完工，但從已得出的成果來看，「圓塚方臺」、「豐碑碩石」、墓園已顯得氣象恢弘，因此父親寫下〈始祖墓修復感賦〉（頁二〇二），表現出少有的成就感。他的少年同學黃文虎先生詠墓詩（頁二〇七），有「少年同學蓬萊老，依舊深情繫祖塋」，真是寫出了父親心靈深處的思緒。爲修墓募款，父親與主事者四處奔走，各方請託，賣盡老臉，雖然贏得許多親友族人解囊相助，但是還有太多族人、尤其是大戶，漠不關心，只顧眼前利益，無視千秋大業。勸捐不順，所遭受的挫折，都寫在〈重修徐安貞古墓勸捐行〉中（頁二一二），「事非經過不知難，托缽沿門口舌乾」，「平江族裔多名人，袖手旁觀不近身」，「倫族瀏陽數萬眾，三五千元彌足珍」，「華容子姓財櫝實，祖墓捐輸何太嗇」。他呼籲「族人尤要盡心力，免到墳前愧姓徐」。父親的鄉愁不只是自家的，還包括對歷史、對祖宗、對家族的愁懷。〈寒流．調寄黃鶯兒〉（頁九四）寫道：「何處可回歸，寒風緊，大雪飛，故園光景長相憶。兩毒交攻、陸臺作對，孤臣孽子圍城裡。感孤寒，悽情孰寄？無奈望天涯。」濃濃鄉愁裡是對中國統一的憂思，身爲一介退伍老兵，既無政治權力，也非多金富有，對家國的期待與哀愁，只能透過詩文篇篇，抒發鬱悶，這也跟自古以來、中國文人為詩的情緒互相呼應。統一的主張，是一座隱形的橋，連通對故鄉的懷念。故鄉是心理上的圖騰，一旦認定了，就是永遠。對兩岸局勢的憂思，莫非也是另一種鄉愁。

由於對政局的關注，父親詩作中還有一種跟着新聞走的「評時事」主題，港澳回歸、臺灣大選，戴妃之死、德蕾莎修女過世，「北港香爐」兩個女人間的風波等等，都成爲靈感來源。〈一九九五年閏八月〉七律詩（頁八三）後四句寫着：「只爲一夫迷美夢，爭來群小遂愚行，大人若問民之欲，百姓還期兩岸清。」前兩句點出政客的迷思與追隨者的「逢君之惡」，後兩句巧妙嵌入當權人物的「名言」，並以「兩岸清」回應「民之欲」，短短四句，寫出政壇的醜態與蒼生百姓的期待，詩中雖未稱名道姓的罵人，但讀者一看便知，心領神會，拍案叫絕。

常言道，「秀才人情紙一張」，酬唱和贈，成爲父親這些年來「交朋友」的新管道，丙子年〈七十感懷〉詩（頁一一一），舊雨新知紛紛應和，一時之間，親友書信往返密切，共收入和贈詩四十九首，乃編成一專輯（第四輯），爲文第一樂事，莫過於創作引發迴響。

除了七十歲這種生命里程碑值得大書一番外，其餘日常人情來往的點點滴滴，也都滲入父親作詩的思緒裡，以文會友、免不了應酬詩，應酬詩自來就是中國詩一大類，古人酬唱之作，多用來詠嘆時事，抒寫胸懷，或闡明理念、討論學問。當代人寫應酬時，往往千篇一律，祝壽必稱「壽比南山、福如東海」，嫁娶總提「才子佳人、天作之合」，畢業或深造共用一句「鵬程萬里」，如此毫無特色人人適用的陳腔濫調，殘殺了文字的實用性與抒情的功能，使應酬詩成了奉承吹捧、不着邊際、徒事應付敷衍的工具。父親的應酬詩卻非這樣，大都能針對對方的特性量身打造，言之有物，不致徒託空言，而同一對象、也會隨時空轉變而着筆，不致落入今昔相同了無新義的窠臼。應酬詩當作禮物送，他會把它送進受者的心坎裡，有兩首「謝友贈兒紅包」的詩（頁一〇三），不善言辭的父親、酬答長輩們對我父子兩人關懷的心意，改以詩文致意，淡如水的君子之交，在文字的催化下，自有甜如蜜的滋味在心頭。

父親自序中提到，《詩鈔》中缺少兒女私情浪漫綺美的作品，也少了遊山玩水園林風景的詩，但少數借景抒情的作品、卻是我認爲最能引發讀者共鳴的。〈丁丑中秋臺北獨望〉（頁一五八）、是我最欣賞的一篇：「憑欄外望市容蒼，多少囂塵集此方，港澳回歸雲過眼，陸臺統合路偏長，客中縱有書爲伴，老至還虞病臥牀，海內知交存幾交，中秋對影獨稱觴。」一二句寫景物改變，三四句談大局改變，五六句講自身改變，最末兩句有抒發人情改變之感慨。在極簡的文字裡，情緒層層相疊，步步提升，是相當工整的詩文範本。

〈臺北北城門懷古〉（頁一〇八），以座落鬧區的古城門爲引，提到「京劇名伶留絕唱，清歌陋巷向黃昏」，讓我想起舊時那排熱鬧的中華商場，牽引出屬於我這個年代的鄉愁。大概每個人自啓蒙開始，便與故鄉越離越遠，不只是臺海兩岸這類空間上的隔閡，還包話時間的距離。成長過程中的美好與缺憾，都隨着歲月凝集，漂浮在記憶的海洋裡，曾幾何時，跟在自稱「老臺北」的父親身邊的「細囝仔」，竟也變成另一個「老臺北」了。

我童年時，父親最喜愛唱《Que Sera Sera》這首英文老歌，常聽到父親悠閒唱着童謠般的曲調，不解的歌詞，當時我是個洋文盲，還以爲那是一首「王子與公主從此過着幸福生活」的俗套情歌，後來細讀歌詞，才發現其中描寫的是人類對未來命運不能把握的感歎。父親將洋文譯成古詩〈別思那思那〉（頁二一），標題同時顧到音譯與意譯，長短不齊的洋文譯成整齊的五言詩，叶韻合律，信、達、雅三項，前兩項真做到了，是別開生面的趣味之作。

北宋周敦頤《通書》說，「文所以載道也」，他認爲文章是用來說明「道」的，文學是爲「道」服務的。現代人嫌這個調子太高而拒唱，嫌這頂帽子大沉重而摘除，轉而不知珍惜文字，從臺灣媒體以大量情緒性字眼來反應摩登生活裡的虛無，不惜連篇累幅報導八卦緋聞與社會醜態，可知文字的濫用已達於極點。在價值觀念混淆、凡人無所適從的新世紀，唱「文以載道」的高調，顯得特別珍貴，父親作詩，態度嚴謹，堅持在詩文裡傳達自己的信念，不堆砌雕琢辭藻，用平實的文字來抒發真感情，不無病呻吟，不「爲賦新詞強說愁」，並以大量白描取代隱晦的譬喻，那是他理工人實事求是的本色，與君子坦蕩蕩的率性。

從事媒體編輯工作近十年，向來自許是半個文字工作者，但要爲父親第一本出版品寫序，卻有最難以下筆的挑戰，首先是角色界定的尷尬，該基於一個兒子的立場呢，還是一個編輯的觀點？都可以，也都不太適合，所以我寧願從「純粹讀者」的角度，來寫這篇序。

此刻我最感幸運與驕傲的身份，不是當我開明父親的大兒子，或是父親編輯《七十詩鈔》時的顧問，而是成爲這本書的第一位讀者，純粹的讀者。

# 目錄

## 第一輯 丁巳至甲戌雜詠詩（一九七七—一九九四）

## 第三輯　甲戌立冬至丙子仲春吟詠錄（一九九四—一九九六）

## 附錄 成易撰徐氏七修族譜贊 四言一首



## 第四輯 丙子七十感懷及親友和贈詩（一九九六）

## 第五輯 丙子仲春還鄉吟（一九九六）

## 第六輯　丙子丁丑雜詠詩（一九九六—一九九七）

## 第七輯　戊寅還鄉吟及雜詠詩（一九九八）

## 第八輯　己卯還鄉吟及雜詠詩（一九九九）

## 第九輯 庚辰至癸未跨紀吟（二〇〇〇—二〇〇三）

# 詩鈔

## 第一輯

## 丁巳至甲戌雜詠詩

（一九七七—一九九四）

## 無　題　六十六年

五月十三週五匹，西洋俗指為凶日，
割然一劍斬情絲，孽也消除緣也畢。

## 開門七事　六十八年

莫謂退休喜得閑，食衣行住一身兼，
開門七事何能少，柴米油茶醬醋鹽。

## 附錄　清張燦七事詩

書畫琴棋詩酒花，當年事事不離他，
如今七事皆更變，柴米油鹽醬醋茶。

## 腦瘤開刀出院　七十一年九月

只信運辰懶就醫，惡瘤滋長健康違，
華陀妙手清吾腦，從此人生轉契機。

**注**：爲我摘除腦瘤者爲臺北榮總沈力揚醫師。

## 平兒國小畢業　七十三年六月

童年最苦沒親娘，幼小心靈忒創傷，
學習居然知奮勉，從茲應許更堅強。

## 方城戲　七十四年

親朋無事築方城，即與遊玩亦認真，
搶槓攔胡拆句碰，緣何爭鬥不饒人。

## 離婚十年　七六、五、一三

乖別孤飛竟十年，前塵往事早成煙，
嬌兒偶與談家務，每及斯情總戚然。

## 退伍十年　七八、七、一五

解甲幽居又十年，紛華勢利去如煙，
親朋寄語來相問，回道平安不欠錢。

## 蔡松坡與小鳳仙

酒綠燈紅巧笑間，英雄美女兩相歡，
燕支北里增顏色，鵬翼南冥激巨瀾。

## 蔡松坡三大不憂

英雄自古出湘山，諤諤松坡非等閒，
三大不憂緣有酒，婦人交錯戰爭間。

**注**：西方謂軍人事業在三大不憂（3W），即戰爭（WAR）、酒（WINE）與婦人（WOMAN）。

## 步舒適存將軍九十生日原韻　七十六年

傍山築屋享遐齡，庭苑花間鳥喚晴，
一代勳華歸簡冊，吟詩煮酒引風清。

二

運籌帷幄正當齡，翰墨風騷向晚晴，
願借將軍如椽筆，囂塵橫掃海風清。

三

馳騁疆場憶壯齡，輕裘緩帶看新晴，
何時更出囊中劍，一掃中原萬里清。

四

椒花獻頌祝遐齡，梅杏迎春趁雪晴，
九十星輝覘海晏，籌添百歲見河清。

原韻舒適存　丁卯元旦九十生日

迎年椒酒祝遐齡，戲綵孫曾媚晚晴，
九十春光無限好，且憑海晏俟河清。

# 壽方承荷先生八十

金陵同睹白雲飛，孰意移時百事非，
萬里山河皆變異，一干忠義怎回歸。
曾欽老杜垂勳賞，再向中原振鐵衣，
百歲功名才八十，老當益壯正朝暉。

**注：**一、卅七年夏識荊於南京三牌樓三步兩橋。
二、卅二年常德戰役，先生智勇克敵，為美軍顧問讚賞，因此二戰結束後、獲彼邦杜魯門總統頒贈自由勳章。客南京時曾承出示一睹為快。記憶中、章為玄色十字形。

## 步舅父張百堅先生七十自壽詩原韻

七九、一、一三

從心所欲詠紅榴，珠玉爭輝海屋籌。
憶昔一堂同戲綵，詎今兩岸各登樓。
最欣竹樹迎風發，更羡神仙載酒遊。
宅相不才遙祝頌，無疆福壽渭陽收。

### 原韻 張百堅七十自壽詩

紅花含笑放新榴，國杖驚扶海屋籌，
入蜀杜陵曾宿府，去鄉王粲偶登樓。
即今林下飄蓬處，轉憶天涯負笈遊，
楚尾吳頭多少路，待憑斑管盡情收。

## 哀國會　七十九年三月

漫天陰晦黑雲飛，危難當頭事日非。
霸力萬年真永壽，強權獨運究何歸。
匹夫老耄難言勇，群小囂張昧解衣。
絕代王朝多少事，溪湖殘照賸餘暉。

**附注：**

一、英國國會巴力門 PARLIA MENT，無所不能，實霸力蠻也。

二、民國卅七年經全國公民選任之第一屆國會議員，連任四十年不改選，其間亦造就萬年總統，因後起增選補選成員之強力鬥爭，乃有七十八年尾全面改選，而遞遭爲第二屆。

三、蔣氏父子總統遺櫬，暫厝桃園慈湖與大溪二處，歲時節日黨政大員雖仍前往朝拜、行禮如儀，但台灣近年政情大變，能否永保安寧、不受侵擾，實屬疑問，故老蔣次子蔣緯國於八十五年七月八日、向黨中央要求，將兩蔣靈柩奉安大陸故鄉，但未及完成心願，本人亦因病謝世。

四、第二任民進黨政府、已應家屬要求，在台灣奉安，國防部並決定於九十四年九月、將兩蔣遺櫬安葬於台北汐止五指山國軍示範公墓，絕代王朝殘照餘暉，可能就此熄滅。

## 步李繪軒先生思鄉詩原韻

渡海來臺四十年，當初情景實淒然，
居停最怕颱風雨，飲食無如舊井泉。
治事有為籌計策，歸鄉無處覓舟船，
親朋隔岸相思甚，夢裡團圓不是圓。

## 原韻李繪軒思鄉詩

浪跡天涯數十年，欲歸無計總茫然，
子身遊子心如水，翹首家山淚湧泉。
歲月流光蒼我鬢，萍蹤何處繫漁船，
可憐長夜思親友，夢裡團圓醒未圓。

（本詩刊一九九一年七月平江天岳詩詞第一輯、及一九九四年三月長沙湖南詩詞增刊——天涯芳草。）

## 步李繪軒先生游子吟原韻

七十八年

客歲仲秋夜，月華半鏡時，來言探親事，其樂不可支。
老友無多囑，安全自把握，離家四十載，能返不嫌遲。
兩岸終開放，渾忘苦與悲，班機猶有日，夜夢已先飛。
臨行談往昔，絕處幸逢生，智者開前路，鄉親享現成。
窮途遭騙賊，逆旅聽殘更，深圳難飛渡，香江枉寄情。
仁人伸援手，孤客去羊城。

臺瀛長作客，筆底更光芒，行止中園定，食衣不用忙。
開放佳音出，即時返故鄉，天邊歸游子，上帝也瘋狂。
家人初見面，熱淚落千行，急擁嬌妻吻，孤兒幸有娘，
風流還似昔，觀者堵如牆。凝神親不在，君子毋悲傷，
多少門庭改，君家率舊章。

樂賞中秋月，羨君福滿堂，此情曾屬我，舊景未能忘。
當年來島上，時局已非常，轉眼江山改，硝煙跨海香，
勞燕飛四處，姜被蓋靈床。卌載陰霾散，家人轉吉祥，
關河還阻隔，書信共商量。思鄉難返鄉，愁恨更綿長，
不日來歸去，親朋醉一場。

## 原韻李繪軒游子吟

七八、四、一二

憶昔離家夜，狂風驟雨時，慈母縱橫淚，哀傷不可支。
兄嫂叮嚀囑，行藏自把持，樸實山妻態，依依欲語遲，
稚齒兒與姪，不知別離悲。從茲走萬里，孤鴻海上飛。

蓬島萍蹤寄，茫茫百感生，走遍天涯路，書劍兩無成。
異鄉難為客，孤寒夜聽更，翹首關山遠，春雲我寄情，
蹉跎數十載，倦鳥困愁城。

漫海雲煙散，兩岸放光芒，東風才解凍，掀動探親忙。
檢點行裝橐，匆匆返故鄉，故鄉情更重，迎迓驚呼狂，
家人喜而泣，相擁淚成行，游子心如搗，登堂不見娘，
謦欬音猶在，慈顏見羹牆。拂曉墳前拜，哭訴我心傷，
欲養親不在，愧讀蓼莪章。
留家十餘日，連朝客滿堂，乍見不相識，兒孫笑我忘，
問姓稱名後，把酒話家常。故國風光好，故園花最香，
重踏舊足跡，睡我舊時床。祝謝諸親友，康寧納吉祥。
尤有蘇夫子，隨影共商量，一囊情送別，感子故意長。
返鄉復離鄉，猶如夢一場。

**注**：蘇盎珍送別詩，有「千絲萬縷一囊情」句。

（刊一九九一年七月平江天岳詩詞第一輯）

和韻

## 喜接旅臺叔祖繪軒大人書、詩、照，敬步其游子吟原韻

李行敏於石頭城子超樓　一九九六、二、八

金陵春至日，乍暖還寒時，飛鴻來彼岸，歡欣不可支。
捧讀再而三，感人難自持，心儀日已久，問候我偏遲。
海峽多風浪，親情共喜悲，遙看日出處，心逐彩雲飛。
見照如相晤，油然敬意生，矍鑠徵高壽，威儀鑄老成。
身似長青樹，不因歲序更，心如千里月，常繫梓桑情。
高山堪仰止，翹首望臺城。

一篇游子吟，真情注筆芒。離家數十載，歲月嘆匆忙。
行遍天涯路，難忘是故鄉，鄉情割不斷，何懼海風狂。
長歌當一哭，淚水染詩行，最是感人處，年高尚念娘。
萬里賦歸來，環睹人如牆，愧我未能迎，剪燭話衷腸。
感公情意重，寶島寄華章。

注：倒第三句系依改稿「哭訴我衷腸」落韻。

我於卅載前，抱劍辭高堂，揮鞭萬里去，匹夫責未忘，
功勳慚未立，壯志付尋常。每念家鄉好，泥土吐芳香，
青山橫天際，綠水涌河床。獅舞納餘慶，龍舟泛吉祥，
建設多成就，前途不可量。同是他鄉客，歸思與日長，
何時共返鄉，把酒醉千場。

## 七天孤寂苦（英文歌曲中譯）

七日孤單苦，一週冷淒清，
七夜孤單苦，一人抱枕眠。
自君明告我，我倆情歸零，
孤寂七天裡，我哭哭為君。
『啊吾愛汝哭，哭聲卜呼呼，』
何用來否認，我確為君哭。
汝所愛往時，那使我憂戚，
上週乃最後，我為君哭泣。

七帕也沮喪，滿沾我涕淚，
七信亦皆然，我寫滿恐懼。
應曉難補緝，令汝愛憂戚，
七天孤寂裡，我哭為君泣。
『啊吾愛汝哭，哭聲卜呼呼，』
現否認何益，我確為君哭。
汝所愛往日，那使我憂戚，
上週乃最後，我為君哭泣。
上週乃最後，我為君哭泣。

**注**：原歌名 Seven Lonely Days，作者 Earl Shuman, Alden Shuman and Marshall Brown。

## 別思那思那（美國電影歌曲中譯）

當我小娃時，我問我阿母：
我將會如何？
我將變美女，我將成富婆？
如此她語我：
　別思那思那、
　究將是甚麼，（是甚麼，）
　未來之事乃、非吾人知道。
　別思那思那、
　將會是甚麼，（是甚麼。）

長大談愛情，我問我甜心：
何事見前程？我們將後有、彩虹般美景？
甜心此說明：
別思那思那、究將是甚麼（是甚麼），
未來之事乃、非吾人知道。
別思那思那、將會是甚麼（是甚麼）。
今我自有兒，彼等問其母：
我將會如何？我將美丰儀，我將多財貨？
我柔聲告訴：
別思那思那、究將是甚麼（是甚麼），
未來之事乃、非吾人知道。
別思那思那、將會是甚麼（是甚麼）。

**注**：原歌名 Que Sera Sera，爲美國電影《擒兇記》主題曲，譯文「麼」讀嗎（Ma），去聲叶韻。（是甚麼）爲詩歌中和聲。

民國八十年辛未秋月

# 三哥徐傳薪先生殉國五十週年祭悼詞

伊我三哥，資質純樸，天性孝友，勤勉力學。
幼年失恃，祖母撫育，未盡反哺，九原難作。
吾母來歸，視若己出，母慈子孝，一家和樂。
父也遽逝，寇又進逼，毅然投筆，從軍報國。
慈母見背，軍情正急，兄不知悉，弟妹泣血。
寇犯三湘，長沙禦敵，壯烈殉國，原隰暴骨。
迄今半紀，屍骨未收，可恨倭寇，殘我手足。
鐵蹄遍地，同胞受辱，此仇此債，永世莫宥。
長沙招魂，臺灣痛哭，靈爽未歇，來歸來格。

## 附錄一　徐傳薪投筆從戎詩

倭寇入侵我故鄉，當兵抗日戰沙場，
人生自古誰無死，拚此頭顱保國防。

注：徐傳薪於民國三十年秋二次湘北會戰時，陣亡於長沙春華山，此詩竟成讖語。

## 附錄二 徐傳薪懷友題壁詩（藏頭格）

憶昔與君比鄰時，萬縷柔情欲語遲，
養鴿傳書遙告汝，蘭心祈勿向他持。

注：萬養蘭、爲平江聞人萬國鈞之女，抗戰前、與其母寓縣城花園祠，與我家比鄰，三哥與伊頗爲相投。二十七年陰曆八月二十七日、日機轟炸平城，住所被毀，兩家各自遷回鄉間，二人不得復見。稍後母親偕我兄弟、進城清理雜物，三哥觸景生情，題壁寄意，情意綿綿。當時我在現場，迄今記憶猶新，回首從前，不勝悲戚。

## 思鄉　庚午臘月

少小離家老未旋，交流開放已三年，
鄉思無限瀟湘客，飛越衡峰便是仙。

## 辛未元旦口占
—改革開放以來、亂象叢生書感—

蓬萊勝跡任盤旋，艱苦經營四十年，
人在福中須惜福，此山一過便無仙。

## 壬申大考小平考取東吳大學　八十一年八月

十年窗下費功夫，恨不芳名榜上糊，
無負深宵猶苦讀，今年准許入東吳。

## 中秋送別平兒美西旅遊　八十一年九月

念年依傍不離身，首度單飛證不群，
志在四方行萬里，中秋明月照初程。

注：中秋前夕，父子連袂參加好友金曾義女兒金晶在臺北凱悅飯店舉行之盛大婚宴，既添喜氣，又當餞行，亦佳話也。

## 彥平遊美歸來

秋闈剛罷遂東行，飛去飛回萬里程，
車駟漫遊加力府，凱歌輕唱入吳門。

注：美國加州 CALIFORNIA，通譯加利福尼亞，此次准其遊美，即寓加力打氣之意，而加州譯作加力府，更具深意。

**壬申除夕正作家書、忽接老姊自蕪湖來電，姊弟隔別四十多年後、首次親口對話、口占一絕以誌**

歲除尤更念家人，一線忽傳老姊聲，
卅載離情難細訴，但言早日啓歸程。

**附錄 姊徐傳英思念老弟詩**

少小離家老未回，卅年不見遠人歸，
心中百萬千言語，說與弟知盼有期。

## 步姊夫何效忠七十詠懷原韻

壬申仲夏

七十今云始，百齡自可追，
羨君忘四事，物我兩無非。

二

古稀吾所願，百歲豈能追，
回首從來路，今非昨更非。

**原韻**何效忠七十詠懷

七十方年少，期頤尚可追，
四忘怡自處，不涉是和非。

**注**：四忘指忘年、忘形、忘懷、忘機，爲臺灣中興大學楊錫福教授首先提出。

## 大陸來鴻張長坤　寄台灣徐傳經表兄

蒹葭南望盡蒼蒼，秋水伊人在一方，
乍展書箋如隔世，昔曾風雨記聯床。
兒童長大成家久，親友分離別恨長，
何日芳園開宴會，舊情重敘共稱觴。

## 步韻答張長坤表弟並寄家園親友

昔曾海上望蒼蒼，淚別家山涉遠方，
蓬島煙雲慚混跡，天涯風雨憶聯床。
無情歲月催人老，一葉詩詞寄意長，
問我還鄉寧有日，來年應許共稱觴。

（本詩刊一九九三年一月十一日長沙東方時報、一九九五年十二月平江天岳詩詞第四輯、岳陽當代吟壇、一九九八年北京華夏吟友第三卷）

**大陸來鴻二張長坤　再寄徐傳經表兄**

故園秋靜暮山蒼，喜捧華章自遠方，
幼小事常縈夢境，老來心似坐禪床。
投瓊未報雲天誼，聚首還期日月長，
瞻仰先塋同踐約，鮮花盈束酒盈觴。

（刊一九九四年五月二十三日長沙東方時報副刊東方詩壇）

**步韻再答張長坤表弟**　八十一年台灣光復節

茫茫天際靄雲蒼，飛鴿傳書報遠方，
蓬島有情留過客，草堂多夢怕眠床。
豚兒中式心思了，遊子還鄉計議長，
稍待歸來延戚友，衷腸細訴酒連觴。

## 步表哥劉崇高老師八十感懷原韻

八十一年光復節

快樂生辰客裡遇，光華歲月未蹉跎，
故園桃李芬芳秀，蓬島春風化育和。
報國有心曾擲筆，收京無日再揮戈，
饒他世變心常住，八十校書挽逝波。

**注**：表哥於民國二十一、二年間、任教於故鄉平江縣城東街藥王宮小學，我與姊傳英均曾受業於門下。來臺後他又任教於沙鹿、東勢高工。

## 原韻　劉崇高八十感懷

八十年華倏忽過，滄桑歷盡任蹉跎，
讀書原望躋賢達，作事務求致太和。
慷慨曾投定遠筆，從容嘗止魯陽戈，
飄零書劍慚何甚，徒向東流嘆逝波。

## 附錄 李賡　賀劉崇高八十生辰

少年豪宕氣崢嶸，投筆曾鏖日寇兵，
猿臂不封辜偉績，鱣堂敷教育群英。
羇樓已副乘桴志，老退猶殷擊楫情，
及耋逢辰能作健，輝宵喜見壽星明。

## 附錄二 李賡　致意劉崇高

崇高八十生辰曾寄詩為賀以稿失未曾入集書此致意

壽辰曾寄祝耋詩，稿失詞忘集竟遺，
愧我頹齡增憒眊，知君豪氣益恢奇。
身羇海嶠寧初願，夢斷江鄉有共悲，
尚冀桑榆留老眼，同看斯世了殘棋。

**附記**：李賡肱良將軍賀劉崇高八十生日詩，我在臺中東勢祝壽時、曾見巳精裱成軸、懸於禮堂，當即抄存。將軍在所著幕阜集中、以稿失未曾入集、另書一律致意，我覺得很有意思，乃將二詩並列於此。真搞不懂，原稿失落、一通電話與崇高連絡，抄本馬上就會寄來，爲何捨易就難、另賦一律。我將二詩並列，將軍泉下有知，是否怪我多事。將軍抗戰時擔任軍糈補給工作，勝敵信心滿滿，從未料到爾後發展、會成爲今日兩岸對峙、島內自鬥激烈之局面，未及親眼看見斯世如何了殘棋，即已仙去，應當有憾。

## 步陳定元學長七十感懷原韻

八二、七、一四

歲序更推髮鬢霜，難忘梓里好麻桑，
碧潭月照湖山靜，學苑弦歌教化張。
日寇橫行凌古國，紅軍崛起陷家鄉，
避秦祇有台員好，海峽天然一堵牆。

二

世事滄桑幾變遷，同仇敵愾憶當年，
沉潛奮發中興島，浪漫逍遙自在天。
瓜葛牽連綿舊誼，蓬萊羈絆結新緣，
羨君蘭玉庭階植，粱孟從心樂勝仙。

## 附註：

一、故鄉平江、又稱昌江，爲古羅子國，二戰前盛產紅茶、苧蔴、苦茶油、花尖紙，銷售國內外。

二、碧潭秋月爲昌江八景之一。碧潭在城東，沿汨水上溯不遠處有烏龍廟，設懋通小學，我倆同學於此。

三、抗戰時，日機於民國二十七年陰曆八月二十七日、即一九三八年十月十九日午前轟炸平城，學校被毀。從此敵騎縱横縣境，數度侵佔縣城及四鄉重要市鎭。

四、平江爲中共成長發展要地，十七年七月二十九日、彭德懷在東鄉嘉義發動兵變，以一營兵力迅速擴散，進據縣城，未被剿滅，反而繼續成長，擴展至湘鄂贛邊區，成爲日後紅軍主力。一九四九年七月十八日共軍解放平江，我倆之前分別來臺。

## 原韻　陳定元七十感懷

書劍無成兩鬢霜，古稀歷盡幾滄桑，
倭奴入寇烽煙起，華胄圖存正義張。
悲切辭親離梓里，毅然投筆衛邦鄉，
八年方慶收京日，兄弟無端又鬩牆。

二

避劫東來歲月遷，勞形案牘卌餘年，
一身傲骨難隨俗，兩袖清風可表天。
跨灶有兒承祖訓，懸車偕友結詩緣，
夫妻共享含飴樂，林下悠遊不亞仙。

## 時事感言 八十二年二月

文韜武略縱他賢，叱咤風雲我領先，
掌舵操盤休插手，奔騰馳騁替揚鞭。
攻城略地充前卒，列土分金退後邊，
海陸英雄齊俯首，強權獨運出頭天。

**注**：八十二年二月、二屆國大二次臨時會在台北舉行，發生所謂二月政爭，民進黨國代包圍行政院長郝伯村、逼其下臺，在電視新聞播報畫面上、看到在國大宴會中，當局左抱黃蓋仙，右擁養樂多，談笑風生，而讓曾經與他「肝膽相照」過之郝院長，退至另一桌邊，與民進黨員對峙，事後更將郝解職。

## 父百五歲母齡九十紀念　甲戌正月

慈齡九十父百年，捐棄塵埃半紀前，
變亂相尋兒輩苦，鬥爭不息大人蠲。
棠華盡落新枝茁，勞燕分飛舊業遷，
海上棲遲卌五載，差堪告慰步程堅。

## 附錄一　母親張敏功少年踏青詩

女伴相邀去採茶，芳郊秀陌路三叉，
莫教忘卻來時路，記得牆頭一樹花。

## 附錄二　元代僧與恭思歸憶母詩

霜落萱花淚濕衣，白頭無復倚柴扉，
去年五月黃梅雨，曾典袈裟糴米歸。

## 步胡堅同學城頭月原韻 八二、一〇、二二

台員歲暮無冰雪，
念少年時節，
楊洞霜堅、道彰雲凍，
學苑書聲悦。

共看天上朦朧月，
隔海嗟華髮，
道盡相思、不如歸去，
即把親朋謁。

注：抗戰時，岳郡聯中遷吾鄉鐘洞楊源洞，西側道彰山脈，北起楊源嶺、迤邐而南，直達鐘洞溪（西江）邊，主峰四峰尖、在南段，山麓新屋裡、爲我故居。

## 原韻 城頭月・寄臺灣徐傳經學長

癸酉中秋胡堅於湖南省益陽市

中秋月色明如雪，
歡度團圓節，
把酒吟詩、聞歌起舞，
滿屋兒孫悦。
遙看天上光明月，
似故人華髮，
往事低回、相思無限，
請早家山謁。

## 兵工學院畢業四十週年
## 十四期同學大溪母校聯歡　八二、三、二九

怒海波濤湧，同舟泊此方，
煙雲權託跡，風雨幸聯床。
十四兵車化，卌年日月長，
髮華情不減，曲水飲流觴。

（刊八三、六、三〇臺北軍校校友通訊三五期）

**注：**一、學校原設上海吳淞，卅七年十一月於風雨飄搖中遷臺。
二、十四期設造兵、應化、車輛三系，當年九月在吳淞入學，四十二年四月臺北畢業。

## 賀妹夫彭新煦七十大壽

八三、三、五

岳郡驪歌後，同窗散四方，
朱陳而結好，學友又聯床。
去國關山遠，還鄉道路長，
七旬橫海祝，八秩共稱觴。

## 重逢四則

八十三年十月代筆

因緣原未備，偏使巧相逢，一見私心悅，身家不與同。
負笈離鄉井，期年許再逢，乘槎浮海上，從此各西東。
幾經桑海變，往事早成空，老大回鄉里，不期再與逢。
傴僂兩嫗翁，何堪憶舊容，卌年容易過，最苦是重逢。

## 與漢北來參加世界詩人大會夜宿寒舍　八三、八、二八

難得詩人至，終宵話古今，
囂塵憑筆掃，海宇待澄清。

## 白馬非馬

白馬原非馬，黑貓有好貓，
由他能抓鼠，毛色不需嬌。

**附記**：某人學習，從無到有，獲得高等學歷，任教杏壇，小有聲譽，本足以自傲傲人，但人心不足，仍於字裡行間、放大自己，又放大其親友，冀得虛名，特賦小詩以贈。

## 美日不軌

左公謀國收新省，蔣氏平倭失外蒙，
美日多方謀不軌，藏臺豈許各西東。

## 達賴跳梁

達賴妄圖割地雄，紅旗眈視矗高峰，
跳梁小醜將成恨，一統中華進大同。

**後記**：達賴自大陸出走後，在印度猛搞藏獨活動，國際野心分子竟然公開支持，且於一九八九年頒給諾貝爾和平獎，對和平不啻一大諷刺。渠於一九九七與二〇〇一、兩度訪臺，冀與臺獨串聯、共同分裂中國，跳梁小醜終將自取滅亡，臺獨亦將難有成功機會。

## 兵工同學郊遊口占一絕

解識干戈跨海行，同窗恰補弟昆情，
嶺頭結伴尋春色，笑傲忘機不老兵。

## 兵工畢業四十一週年感言　八十三年四月

畢業兵工四一年，挽時無計日西偏，
中華再造干戈化，矚望來賢比昔賢。

（刊八三、六、三〇臺北軍校校友通訊三十五期）

**附記**：鑑湖女俠秋瑾有句：「救時無計愧偷生」，秋俠求仁得仁，何愧之有。我輩挽時無計，苟活偷安，才真愧然。

# 第二輯

## 甲戌仲秋還鄉吟（一九九四）

## 甲戌仲秋還鄉探親紀事六則

### 一、懷鄉

海峽分涇渭，臺瀛暫作家，
饒他阿里木，難比幕皐樺。
江上風帆滿，寺前石徑斜，
憑欄空臆想，歸雁落平沙。

### 二、還鄉

兩岸交流久，羈遲始返家，
身隨同路客，心嚮故園樺。
臺海波光灩，衡峰日影斜，
晴空飛萬里，薄暮抵長沙。

## 三、返家

妹兄相擁泣，游子喜回家，
門户盈親友，林園滿竹樺。
祖神恭祭拜，棟宇忍傾斜，
挽姪猶兄側，朝墳淚滴沙。

## 四、探親

姊妹分居遠，皖京各有家，
門庭森玉樹，花蔫映喬樺。
汩畔親情熱，渭陽夕照斜，
岳長知友會，合唱浪淘沙。

## 五、登城

長城天下壯，城外亦吾家，
朔漠堪馳馬，邊隅適種樺。
田園容改變，國土怎分斜，
共寶中華業，青山碧水沙。

## 六、延賓

探親行萬里，秋盡始回家，
東道酬賓客，西廂說梓樺。
鄉音無改異，醉步有歪斜，
豈忍長亭別，歸航夜聽沙。

（第一首單刊陝西詩詞學會主編之近五十年寰球漢詩精選。 第二首單刊一九九五年十一月湖南詩詞卌一期．民國八十四年二月一日臺灣楚騷吟刊二十期。第一、二兩首併刊一九九五年十二月平江天岳詩詞第四輯，一九九八年北京華夏吟友第三卷。）

**附註：**

一、幕阜山爲故鄉湖南平江北部中部山系主脈，山間古木森森，其珍貴並不遜於台灣阿里山之三代神木。

二、一九九四年春妹夫彭新煦、賦懷鄉詩一律見寄，初夏余步韻懷鄉一律以答，今以此詩作爲探親詩之第一首，又疊韻五首、合爲紀事六則，並將彭詩附後，以證文字因緣。

三、第二則還鄉吟是九月九日飛機上構思，是日天晴，次日陰雨，天公作美，成我詩景。

四、九日傍晚飛抵長沙，次日上午返抵平江縣城，幼妹來接，相擁而泣，話不成聲，有偕行返鄉之李繪老在旁見證。我已多年淚腺枯竭，不意此刻竟然流淚，其後與老姊及大妹見面，並無相同情景出現，是獨疼幼妹耶？

五、有謂太空人從太空肉眼所能見到地球上之人工建築物，唯我中華萬里長城，其實此說似是而非，但長城仍爲天下壯也。

六、抗戰歌曲長城謠：「萬里長城萬里長，長城外面是故鄉，……」，曾激發多少愛國熱情，痛恨日本鬼子侵略我國土。

七、十一月一日辭里，下午六時從長沙黃花機場乘機返臺，結束五十天之還鄉探親行程，夜航靜聽時針漏沙，海濤搏沙，亦別具情趣，但難免別緒離愁。

## 附錄一張長坤表弟步和疊韻十二律

四峰高萬仞，山下即君家，舊井曾投轄，新陰仰古樺。
心傷人遠別，酒醉字歪斜，夜月歸途靜，迴聲屐濺沙。

（第一首刊八四、二、一、臺灣楚騷吟刊二十期）

久別家山去，蓬萊暫作家，望窮滄海水，情繫四峰樺。
雁陣中途折，孤帆遠影斜，卌年歸不得，怕聽浪淘沙。
海外來鴻雁，知君欲返家，當年迎大浪，此日伍喬樺。
菊歷秋霜勁，樓經暴雨斜，人生多少事，聚散似摶沙。

姊妹居三處，先臨細妹家，盛情迎遠客，高誼比喬樺。
牽袖孫兒小，塗鴉字跡斜，別時妹尚幼，席地玩泥沙。
北京訪大妹，同里結親家，兩老堅如柏，三兒挺似樺。
讀書窮理則，築路不歪斜，豪傑一門聚，真金自異沙。
注：妹夫系鐵道工程專家，三子皆科技長才。
游覽京華後，當塗訪姊家，郇廚陳美酒，謝樹聳喬樺。
知足心常樂，直行路不斜，卌年兄弟會，淚落濕泥沙。
味好故鄉水，情深梓里家，登臨尋祖墓，憑弔仰疏樺。
歲暮竹林老，山高石徑斜，西江流不盡，日夜捲泥沙。

情義如山重，同遊舊雨家，榻迎徐孺子，影攝故園樺。
醇至心先醉，歌闌舞影斜，良宵嫌不聞，難譜浪淘沙。
芒花山寨下，尋我舊時家，故宅留遺址，頹園認古樺，
墓荒碑斷缺，山陡路傾斜，金礦人相逐，爭淘水底沙。
回溯山村景，閑情擬畫家，鐘聲來古寺，鳥語噪疎樺。
泉水清溪響，寒山石徑斜，知交垂釣處，席地坐泥沙。
舊景依稀在，山邊農友家，池中浮野鶴，屋後聳高樺，
白髮居民老，紅樓日影斜，往來人跡處，鞋屐印泥沙。

回到城關內，市廛訪我家，夜談頻剪燭，春意上高樺。
詩促年華老，更闌步履斜，芭蕉窗外雨，風過響沙沙。

## 附錄二 蘇盎珍先生和韻

負笈乘風去，邁年始返家，襟懷欽大器，標格仰高樺。
投筆雲程遠，歸帆日影斜，鄉關何處是，飛雁落平沙。

## 附錄三 彭新煦懷鄉詩

解甲歸田後，蝸居常念家，心隨南浦雁，夢繞故園樺。
燕雨沐新翠，西窗照夕斜，不愁來日少，只是想長沙。

**注**：還鄉紀事詩，是依彭新煦詩韻。

## 步張長坤表弟久別重逢感賦原韻

歸途驀地憶當年，烽火連天菊鬥妍，
滬上行人方躑躅，湘中家信促團圓。
孤帆遠影航海上，濁浪排空湧眼前，
幸有蓬萊堪寄跡，風雲際會信因緣。

二

昔攜書劍走他鄉，憂患難教意氣揚，
莽莽神州罹變亂，滔滔臺海凍冰霜。
十年生聚經營久，兩岸交流道路長，
老大終當還故里，親朋把晤訴衷腸。

三

往事前塵記憶長，湛園鐘洞好風光，
四峰尖上森林秀，三尊臺前稻穀香。
草檄傳書玩筆墨，拈香作禮正衣裳，
詩才敏捷推賢弟，領袖群倫願早償。

四

昌江月滿桂花天，同度中秋感萬千，
前輩風流留典範，後生可畏蔚英賢。
漫言夕照微餘熱，重振斯文賴老年，
相見時難相別易，驪歌唱罷又揚鞭。

**注**：我故里鐘洞四峰尖昭顯真人廟、與表弟老家湛坳三尊臺，均為我倆幼時游玩處，二處寺廟均載入同治平江志。

## 原韻張長坤　歡迎金聲表哥還鄉久別重逢感賦

背井離鄉卌六年，重逢黃菊正爭妍，
人常入夢還疑誤，月近中秋共望圓。
滄海桑田驚世變，金聲玉潤似從前，
時光若有迴流日，再續童年一段緣。

（第一首刊一九九五年十二月平江天岳詩詞第四輯，一九九五年二月一日台灣楚騷吟刊第二十期。）

二

記君負笈遠離鄉，書記翩翩意氣揚，
雲路摶時方近日，陽關唱罷幾經霜。
魚書莫達波濤闊，蝶夢思歸道路長，
畢竟天公情尚厚，白頭留取訴衷腸。

三

往事童年夜話長，天真歡度好時光，
讀書同剪三更燭，禮佛恭燃一炷香。
草檄揮毫驅腐醜，噓寒開篋送衣裳，
知音自有真情在，流水高山此願償。

四

花開棠棣正春天，幾處分居路八千，
宅相成才皆國器，文郎繼起邁時賢。
生辰長我剛三日，稀古同登欠二年，
晚節克香聊共慰，騁遊珍重祖生鞭。

## 步蘇盎珍先生初晤感賦原韻

一別家山卌六年，鄉思無竟夢時圓，
四峰奇崛煙雲幻，中洞幽深景物妍。
變亂相尋嗟過往，自強不息望當前，
春風解凍歸舟密，兩岸新緣續舊緣。

（刊一九九五年十二月四日長沙外貿時報副刊東方詩壇，岳陽當代吟壇詩刊，一九九八年北京華夏吟友第三卷。）

### 二

年華老大始還鄉，無復青春意氣揚，
不羨紅花驕富貴，卻欽黃菊傲雰霜。
乘風逐日嫌飛慢，傍海沿湘歎路長，
兄妹重逢相擁泣，新朋舊友話衷腸。

三

南北探親歷路長，鄉郊訪友賞山光，
三墩祖墓千年著，四野新糜萬户香。
地主延賓張宴席，臺氓正衣會冠裳，
心儀小洞蘇夫子，對飲傾談願始償。

注：應小洞李公邀宴往訪，初晤蘇夫子，一償夙願。訪問途中、先至三墩徐家坊拜謁始祖安貞公墓，千年古墓，省縣列爲重點文物保護單位。

四

先生講學究人天，時雨春風化萬千，
多士崇文尊泰斗，不才慕道詣高賢。
謙沖淡泊由深致，矍鑠安和享大年，
世事滄桑如轉燭，互相珍重慎揚鞭。

## 原韻　初晤旅臺鄉親徐傳經先生感賦

蘇盎珍一九九四、九、二六

遠別鄉關卌六年，歸來秋半月團圓，
漫言白髮秋容瘦，且喜黃花晚節妍。
覿面依依情若舊，談心耿耿事非前，
龍門有幸觀標格，一識荊州豈夙緣。

二

學書學劍早離鄉，萬里鵬程展翅揚，
曾歷滄桑遊海國，恰如松柏傲冰霜。
春風惠我溫馨滿，秋水伊人道阻長，
相見時難相別易，幸從文字訴衷腸。

三

追本溯源世澤長，祖先積厚永流光，
墓前林木森森秀，階下芝蘭郁郁香。
對月思親懷手澤，望風洒淚濕衣裳，
天涯遊子歸心切，兩岸交流願始償。

四

相逢時值桂花天，共話平生感萬千，
流水浮雲渾似夢，新朋舊友盡皆賢。
舉杯勸飲同為客，入座傾談各問年，
更有明朝江海別，登車揮手遠揚鞭。

（全詩四首刊一九九五年十二月平江天岳詩詞第四輯。）

## 步羅精華賢甥甲戌桂月贈詩原韻並寄諸親友

天涯遊子乍回來，親友重逢喜笑開，
滿室溫馨無幼長，卌年變化豈樓臺。
中秋浪漫歸明月，晚稻芳香勝玉醅，
故舊凋零多感慨，新人輩出釋心懷。

## 原韻 傳經舅自臺歸里省親敬贈俚句以紀

一九九四年桂月外甥**羅精華**

萬里長風送舅來，初逢乍見笑顏開，
蕭園嵩上空樓榭，日月潭邊聳閣臺。
兩鬢銀絲尋故友，三山白露酹新醅，
深情厚誼千金重，孺慕由衷敬滿懷。

## 步化池叔祖中秋重聚紀事原韻

一別家山卌載長，年年秋節夢還鄉，
今宵故里歌還舞，不怕嫦娥笑我狂。

二

隔世重逢似夢中，低徊往事意憧憧，
田園城郭都改變，屹立依然若四峰。

三

花香月滿笑顏開，少小離家老返來，
野簌山餚酬族友，竹林歡聚醉新醅。

（一、二兩首刊一九九八年北京華夏吟友第三卷）

**注：**道彰山爲故鄉西側高山，四峰屏峙，昔年變亂，人事全非，而四峰不變。化叔公遭受多少苦難，迄仍剛健自強，有如四峰依然屹立。華夏吟友將若四峰之若字改爲有字，與詩意不合。

**原韻** 一九九四年中秋傳經自臺歸來、久別重逢、俚句以紀　化池

四十餘年別緒長，中秋佳節乍還鄉，
天涯萬里歸來遠，把袂無言喜欲狂。

二

乍見翻疑在夢中，如癡如醉意憧憧，
漫談塵世滄桑事，似歷巫山十二峰。

三

情濃舊誼又筵開，白髮青衿雜沓來，
席列珍饈饒美味，幾番勸飲醉新醅。

## 步效兄重逢感賦原韻

卅年離別喜重逢，不覺愁容改笑容，
夜雨巴山言不盡，曙光已露興猶濃。
（刊一九九七年六月平江天岳詩詞第五輯，一九九八年華夏吟友第三卷。）

**附記**：天岳詩詞將題目刊作《抗戰勝利五十週年，步何效忠原玉》詩亦被修理，變得文不對題，不倫不類，在此補向老編抗議。

## 原韻　何效忠　與金聲內弟別四十六年後重逢有感

青絲離散鬢衰逢，別恨全拋展笑容，
莫道桑榆時境晚，歡聯兩岸興初濃。

## 立冬別大陸親友、步姊夫何效忠別詩韻

仲秋重聚立冬離，耿耿情懷失所依，
兩岸交流行旅便，月明還會照人歸。
（刊一九九八年北京華夏吟友第三卷）

### 附錄 何效忠 送金弟返臺詩

惜別離來又別離，青山綠水兩依依，
願君保健平安過，九六之年父子歸。

## 步長坤表弟贈別原韻

今朝宴罷暫離鄉，來去交流事正常，
席上山餚饒野趣，座中細語返時光。
漫談塵世滄桑改，太息舊家書畫藏，
中表多情詩送別，敬君卮酒祝安康。

## 原韻 傳經表兄返臺前設宴即席

張長坤

兄妹怡怡返故鄉，廣邀戚友敘家常，
座中舊雨兼新雨，檻外山光接水光。
取次勸杯同祝願，幾回攝影紀行藏，
明朝又是天涯別，祗盼魚書報健康。

別錄

# 胞兄還鄉探親家人親友重聚又賦別離俚句送行

徐傳芳　一九九四年十月卅一日

一別四六年，阿兄自臺歸，京城重聚首，天涯共此時。
相對兩無言，心中來苦悲，乍見翻疑夢，潸潸淚濕衣。
京城留數日，南下至安徽，兄姊共一堂，其樂不可支。
偕返鄉曲裡，探親汨水湄，明朝將又別，不盡情依依。

平長知友會　合唱浪淘沙

# 第三輯

# 甲戌立冬至丙子仲春吟詠錄（一九九四——一九九六）

## 甲戌立冬寄北京彭新煦妹夫

一九九四、一一、七

月前訪晤古城邊，別後重逢五十年，
宏祖乘槎游海域，詹公築路騁山川。
同窗更晉朱陳好，宅相猶如孫仲賢，
又是伊人秋水隔，立冬飛報此吟箋。

注：我與彭都是平江鐘洞人，他家楊源洞、我住南塅，抗戰時同學於岳郡聯中。大陸解放後、他參加鐵路建築工作、並與舍妹傳芳結婚，生三子均爲科技長才。甲戌仲秋我還鄉探親，別後五十餘年又得重晤。

## 甲戌冬至賀兵工舊侶劉將軍晉任中將

同游曾記北城邊，君正翩翩少壯年，
騏驥沉潛伏下櫪，龍蛟騰起震前川。
發興有賴和弓秀，匡益還憑多士賢，
冬至復陽星更熠，藉光搦管賀詩箋。

注：一、八十三年十二月二十三日冬至核定晉任，報端披露。
二、母校簡校長曾將兵工學校英文校名THE ORDNANCE SCHOOL三字第一字母TOS拼合，音譯「多士」，謂兵工濟濟多士，期勉師生校友，夙夜匪懈，爲國効力。

## 寄北京志勇緒勤新煦傳芳並陳臺皖家瑞效忠傳英諸位，步張長坤贈別傳芳韻

去秋專訪首都邊，嫂妹調羹勝綺筵，
學友重逢欣晚節，舅甥初敘喜新緣。
千門宮闕名千古，萬里城牆歷萬年，
何日飛鴻尋爪印，一行再踏四峰前。

注：抗戰時岳郡聯中遷我故鄉鐘洞開辦，我等就讀其間，道彰山為我家後山，四峰屏峙於鐘洞南塅西側。

**附錄一 張長坤　贈別徐傳芳表妹詩**　一九九四、一一、七

行色匆匆汨水邊，令兄情重敞華筵，
邀來舊雨兼新雨，信有前緣續後緣。
談笑幾回傾席座，風懷仍未減當年，
長亭明日難為別，留證鴻泥古邑前。

**附錄二 徐傳芳　步表兄張長坤贈詩韻**

返里探親汨水邊，阿兄宴客設華筵，
新知與會逢新友，舊雨歡欣續舊緣。
海峽交流連兩岸，梓鄉重聚話當年，
如今別恨全消卻，涕淚何須落眼前。

## 壽何維本同學七十

八四、四、一七

維公重義最堪親，文采風流更可人，
能處紛華能處淡，亦求平實亦求新。
戎行進退勞心力，宦海浮沉率性真，
七十如今稱起始，老當益壯祝長春。

### 二

臺瀛遁跡舊鄉親，矍鑠精神勝幾人，
歲月相催情轉厚，堅貞益勵局翻新。
南山獻壽嘉賓集，東海奉觴敬意真，
還望偕行回岳郡，登樓同賞洞庭春。

**注**：維公與我岳郡聯中同學，本宗徐氏源出東海。

## 壽唐啓疆表舅八十 八四、二、四

宜秋湖畔好農場，未許賢能學種桑，
抗戰保民殲醜敵，警奸除暴返亡羊。
先生莫嘆英雄老，晚輩還驚髮鬢霜，
及耋逢辰增福壽，明年祝嘏會平江。

**注**：表舅故里為平江南鄉宜秋湖。

## 八十四年仲春兵工畢業四十二週年感賦

春雨連綿雁塔旁，悠悠往事九迴腸，
卅年精力調弓矢，半紀生涯囿海洋。
故國關河多險巇，新臺計議忒乖張，
欣逢四二雙題樂，憂患縈心醉酒觴。

（刊八十四年六月二十五日臺北校友通訊卅一期）

**注**：兵工標誌為弓箭環以工業巨輪，亦古意，亦新潮，表示世代傳承交替，寓意深長。

## 步蘇盎珍先生寄懷原韻

一九九五、七、二七

世界相期進大同，時新種子早傳東，
和風散播方萌綠，烈日薰蒸迅轉紅。
大地春回呈美景，行年秋閏許奇功，
中原再造干戈化，九有咸同祭放翁。

### 二

時光流轉似迴輪，別後月華幾度新，
堪羨田園娛晚景，尤欽變亂保初心。
文章美比天台賦，情誼溫如上苑春，
豫計重逢將有日，因緣來到自相親。

## 原韻蘇盎珍寄懷

世亂流離道不同，浪萍風絮各西東，
江南細草逢春綠，天上碧挑傍日紅。
獨憐子美憂時苦，惟羨班超定遠功，
有心鄉土歸來日，家祭依然憶放翁。

二

年來年去似迴輪，斗轉星移歲又新，
雁帛傳來游子意，梅花開到故人心。
離懷繾綣三更夜，別夢依稀幾度春，
老去悲秋思舊雨，何時緣幸再相親。

（第二首刊一九九五年十二月平江天岳詩詞第四輯）

## 寄岳陽何培金楊一九兩位先生

一九九五閏八月於台北

去秋初晤洞庭邊，辱荷隆情饗綺筵，
揚子江中追往事，岳陽樓上證新緣。
湖山景色窮千里，憂樂情懷啓萬年，
遙望雲天思鳳穴，何時再過古城前。

**附註：**

一、何楊二先生編修岳陽市志，預定九六年出版，數年前因友人之介，楊先生託我到本地圖書館，尋找岳州城垣，洞庭君山等相關資料，幸不辱使命，因此書信往還，神交已久。

二、九四年秋梢京皖探親回程中，特至岳陽拜訪，有幸識荆，承殷勤款宴，並嚮導游湖登樓，飽覽洞庭秋色。何先生又以所編著之《歷代岳陽樓記》贈我，楊先生亦以畫刊相贈，盛情可感。

三、北史文苑傳：「曹王陳阮，負宏衍之思，挺棟幹於鄧林，潘陸張左，擅侈麗之才，飾羽儀於鳳穴。」辭源注，鳳穴，言文采所薈萃也。

# 一九九五年閏八月

島上偏安猶是計，當朝底事攪和平，
那堪臺海烽煙急，怕聽中原戰馬鳴。
只為一夫迷美夢，爭來群小遂愚行，
大人若問民之欲，百姓還期兩岸清。

**附注**：九四年十一月初次探親返臺後，即有傳言、謂今年閏八月海峽風雲將有激變，有人並著作《一九九五閏八月》一書，預告將會如何如何。緣因李登輝先前於訪問中南美洲時，老美不許他入境美國本土，因此啣恨在心，故於過境夏威夷時拒絕下機，以示抗議，並誓言將使盡一切辦法、闖入本土，不達目的，決不甘休，並交由國民黨黨營事業管理處承辦其事。

黨管處奉命後，即出資二百五十萬美元，與紐約卡西迪公關公司簽約，由其向彼邦國會、政府機構、以及民間團體游說。

適值李之母校康乃爾大學校慶，校長邀李以傑出校友身分返校演說，卡西迪與國會議員乃聯手逼迫國務院批准訪美簽證，李遂得以成行，但美方祇准其逕行至校，禁止中途任何活動。李至康大講演，題爲「民之所好、長存我心」，又捐款二百五十萬美元以報康大。

中共當局對美大表不滿，臺海情勢亦急劇升高緊張。在六月訪美後，大陸方面即在東南沿海實施兩次飛彈演習，島上一時人心浮動，股市狂跌，人口外移增加，因賦詩以紀。

**後記：** 因九五年六月李登輝訪美，兩岸兩會會談即速關閉，迄未解凍，中共與美國雙邊關係、亦久處低迷狀態。九七年六月白宮安全官陸士達被任命爲主管亞太事務之助理國務卿時、仍強烈指出、前年批准李某訪美爲一非常錯誤之行動。（本詩原詠五言，編校時發覺前後均爲七律，特每句加冠二字，俾使一致。）

# 哭舅父

一九九五閏八月

去秋三訪甕江邊，舅病纏綿實黯然，
卅載睽違思細訴，一朝晤對口難傳。
情牽兩岸心常戚，魂斷渭陽淚自潸，
幸有年前還故里，生逢死別證因緣。

**附記：** 去秋余初次還鄉探親，曾三次前往西鄉甕江黃棠，晉謁臥病中之舅父，舅父九三年中風臥床，唯神智尚清，舅甥半紀相違，乍見翻疑夢幻，四目相視，老淚盈框，有口難言，依稀黃昏夕照，大限已近。今年端節後十日老人家安然去世，聞訊不禁黯然神傷，特賦一律，以寄哀思。

## 九五閏八後寄大陸親友

客歲中秋返故鄉，還欣兩岸復平常，
暫忘臺海千層浪，飽覽平湖萬頃光。
底事風雲相蕩激，又為憂患慮行藏，
今朝閏八隨流水，快遞吟箋報健康。

## 抗戰勝利五十週年感賦

中土從來噩運連，列強侵略島夷煎，
全民抗戰三千日，倭寇投降五十年。
勝利翻教甌有缺，鬩牆何事國分邊，
和平再造天人順，兩岸同心邁向前。

（刊一九九八年北京華夏吟友第三卷）

## 附錄 李行敏前題四律

蘆溝橋畔一聲雷，血雨腥風撲面來，
古國文明蒙垢辱，神州錦繡沒蒿萊。
鐵蹄遍地山河碎，烽火連天日月灰，
國恥家仇民族恨，今猶切齒剩餘哀。

二

禦侮同仇起甲兵，匹夫有責志成城，
九州壁壘旌旗舞，萬里關山角鼓鳴。
帷幄運籌多算計，疆場決戰乃神明，
八年洒遍英雄血，澆得奇花大地生。

三

由來正義勝強權，三户亡秦豈偶然，
螯蟹橫行歸鼎鑊，醒獅怒吼震雲天。
桑榆落日收殘照，瀛海雄風捲巨瀾，
勝利終教揚我武，倭奴匍匐棄戈還。

四

前事不忘後事師，瞻衡時局耐深思，
投降半紀東還茁，奮鬥多年我有為。
兩岸分離貽禍害，一中統合莫遲疑，
爭端化解恩仇泯，共賦和平發展詩。

**注：**鄧小平語，和平發展是當代世界兩大主題。

（刊一九九五年十二月平江天岳詩詞第四輯）

## 長城

長城禦胡虜，自古衛邦家，
塞上驚失地，牆邊急種樺。
滄桑雖變改，基礎未傾斜，
山海連嘉峪，強龍臥矽沙。

**附註**：拙作《甲戌仲秋還鄉探親紀事六則》第五首《登城》，並非專寫長城，經友人修理後，變成《長城》專題詩，刊一九九五年十二月平江天岳詩詞第四輯，刊文不合鄙意，經改正如上，仍用原詩韻。詩中「塞上驚失地」、乃指抗戰勝利、丟掉蒙古。

# 西江月・新臺首任最留名

——一九九六年臺灣大選罪言之一——

世代本該交替，其如現實撩人，新臺首任最留名，那管千秋審論。　自古英雄幾許，釋權無異掘墳，位階成敗最關情，誠信少人過問。

二

先世住居閩廣，前人到墾臺澎，居然自詡是皇民，數典忘祖實甚。　無力中原逐鹿，祇能亂蓋新名，有言其意指東瀛，也為天孫自證。

三

七十原稱稀古，如今說是始行，打拚追搶我成軍，黑道金牛列陣。　白髮非吾獨有，中年也會叢生，搥球揮桿好身形，誰道黃昏已近。

**附註：**

一、一九九六年總統選舉，首次改爲全民直選，李登輝原來說，做完八年後，要與某人一同退休，結果某人退下，李卻食言而肥，繼續參選，且獲連任。

二、李說，他二十二歲以前是日本皇民，據悉、他本是日本人，名字叫做崖里正男。李提「經營大臺灣，建立新中原」口號，中原本指中土，無所謂新舊，既是天孫皇民，其心目中之新中原，應是東瀛也。

三、李受任後，黑金盛行，高球揮桿，變成職場論壇。

# 西江月・剛愎從來僨事

——一九九六年臺灣大選罪言之二——

咸望三方合進，成功奠定三分，貿然獨斷意孤行，底事居心待訊。　天下興亡有責，當仁不讓堪欽，是非關係眾人身，豈許一家率性。

二

剛愎從來僨事，前車覆轍為憑，神州何致迅沉淪，千古悽情教訓。　回溯全民苦難，允宜補過圖成，不知把握好方針，盡孝全忠兩運。

三

佛祖靈山説法，留侯博浪椎秦，持身救世兩平行，智者雙修一乘。　參透菩提般若，自然不計升沉，清風不是解鈴人，拂面反教迷陣。

**附註：**

一、總統大選，ＫＭＴ內另有二組人馬參選，原望以林洋港爲首抗李，不幸因力量分散而失敗，此實由於某人剛愎自用，不能顧全大局，不願屈居林之副手、而強自出頭、有以致之。

二、一九四九年大陸之戰全面潰敗，史論家咸指由於東北失敗所導致，東北之敗、主將難辭其咎，後人奈何不以前車爲鑒。

三、學佛者救世爲先，奈何執意計較一己升沉。清風原望吹醒當事人，緣何反教迷陣。

## 寒流・調寄黃鶯兒 乙丑冬月

——步蘇盎珍先生秋日懷友原韻——

何處可回歸，
寒風緊，大雪飛，
故園光景長相憶。
兩毒交攻，陸臺作對，
孤臣孽子圍城裡。
感孤寒，悽情孰寄，
無奈望天涯。

## 原韻黃鶯兒・秋日懷友

蘇盎珍 一九九五閏八月廿六日

北雁往南歸，
西風緊、黃葉飛，
二三知己長相憶。
明月誰玩，青燈獨對，
蕭蕭毛髮淒涼裡。
問歸期，音書頻寄，
秋夢繞天涯。

（刊一九九一年七月平江天岳詩詞第一輯）

按詞律本調爲九十六字、前半起句七字，仄韻，後半換韻……。蘇作無論字數句法用韻，均相去甚遠，或另有所據，難說。（曹家瑞）

## 乙亥初冬編成七修族譜稿感賦　用前題調韻

文化喜回歸，
編家譜、意念飛，
宗功祖德從頭憶。
審舊增新，撰文聯對，
不辭溽暑炎炎裡，
半年期，篇成驛寄，
梓印付天涯。

## 七修族譜題辭

東海世族　安貞苗裔
綿綿瓜瓞　繩繩繼繼
前賢勳列　始祖文藝
家聲赫奕　代有興替
譜諜新剟　重整先緒
啓迪來哲　黽勉奮勵

## 附錄　成易撰　徐氏七修族譜讚

泱泱華族　系出炎黃　帝裔伯益　禹時為相
禹欲禪位　辭讓遠颺　益子若木　夏啓封疆
受封徐國　傳至偃王　仁義為政　聲威播揚
三十六國　賓祭於堂　韓文廟讚　事蹟永彰
至徐駒王　國被吳亡　以國為氏　子性發皇
駒王裔孫　詵為秦相　漢代分支　南北兩房
南祖之後　安貞侍郎　有唐之世　輔佐明皇
文采風流　翰墨流芳　祿山作亂　流寓平江
六相同隱　禮佛拈香　相交世外　悟道禪牀
安居胡避　歿葬徐坊　墳頂壘塔　風士記詳

遷平始祖　啓後發祥　蔚為巨族　支分五房
鼎侃在地　倫遷瀏陽　華居通城　俛守義江
子孫耕織　守分善良　讀書上進　科舉名揚
新學興起　改弦更張　國內深造　負笈留洋
學成用世　拔萃專行　工商教育　人興財旺
軍警官吏　衛國保鄉　議員問政　民治發皇
族譜中斷　一甲時長　今也七修　衆力共襄
淵源流派　耋考綦詳　祖德宗功　彰顯發揚
先君本出　徐世旻房　甥繼舅氏　易姓別航
譜牒新刻　文獻輝皇　同沾世澤　分享榮光

# 徐氏遷平始祖安貞公像贊

莊重安和　有威君子
雍嫺儒雅　合度行藏
節操貞固　為楷模於官府
思慮周詳　佐明主於廟堂
文采風流　遺詩篇於翰苑
心靈澄澈　悟佛乘於禪床
冬日春風　溫和可愛
高山大海　深邃難量

## 安貞公傳贊

為大末之裔孫，
實有唐之名相，
翰墨風騷，遺佳章於文苑，
節操冰潔，樹典範於官場。
安靈骨於三墩，塔傳千古，
綿後昆於各省，派衍無疆。
巍巍乎、仰天岳之高峻，
浩浩也，羨東海之汪洋。

（以上題辭、譜贊、像贊、傳贊，均刊一九九七年七修族譜）

## 安貞公墓銘

我祖侍郎　文采光芒
出身太末　輔政明皇
胡兒作亂　避禍平江
回臺禪隱　塔洞身藏
蟒蛇吐氣　烈馬奔江
佳城鬱鬱　子姓皇皇

（拙作墓誌銘刊七修族譜，並勒石三墩塋墓前，銘文茲單獨提出刊此。）

## 乙亥除日繪老盛情宴酌並贈小兒紅包俚句以紀

今日欣逢除歲日，李公盛宴邀迎吉，
酒酣愛索賀年詩，樂得平兒承賞實。

注：當日喝名酒 X.O. Hennesy，通譯陳年肯尼詩，我今譯作「愛索賀年詩」以應景。

## 謝吳蕙仙大姐新年贈小平紅包　丙子正月

交情回溯卅年前，惠及寧馨受愛憐，
轉眼平兒趨長大，關懷不減謝難宣。

## 丙子人日望晴　八五、二、二五

連朝陰雨歲寒天，艱苦遭逢丙子年，
海上戰雲臻緊密，春神也怕到人間。

注：一、人日是陰曆正月初七、是日天氣好壞。預示這一年世人運氣好壞。
二、去年因閏八月，提早於臘月十六立春，除夕及新年應當轉暖才對，日前大陸各地下雪，寒流亦波波南下，海峽對岸福建、及沿海各地，正調集大軍，擬自即日起至臺灣總統大選前，舉行大規範軍演，寒流加戰雲，使春神也遲遲卻顧。

## 民國八十五年元旦

八五新元又上場，如棋世事幾滄桑，
除奸靖亂行三政，破敵收京晉四強。
痛失神州規格矮，假行民主黑金猖，
獨臺臺獨貽伊戚，飛彈彈飛激浪揚。

**附註：**

一、國民政府建國程序為軍政訓政憲政。
二、中華民國二戰後晉身四強，為聯合國創始會員國。
三、高規格為時新語，茲反其意用之，以示現在臺灣之處境，只能與一些小朋友國家做邦交，不許參加獨立國才可參加之世界組織。
四、飛彈彈飛指九五閏八月中共在臺海軍演。（上彈字讀去聲）

## 寄蘇盎珍夫子

一九九六年二月

老丈修心養性真，幽居小洞避囂塵，
春華秋實斯無量，霽月光風不患貧。
日上三竿醒未醒，雞鳴五旦句新吟，
偶沾微恙多良藥，澗草山花也壽人。

## 兵工畢業四十三週年書懷

悠悠寒暑四三遷，癸巳題名似昨天，
困學多年錐穎脫，服勤卅載事功圓。
戡邪嘗鑄干邪劍，阻敵還研祖逖鞭，
海宇昇平民所欲，止戈為武莫相煎。

（刊八五、四、二五臺北校友通訊四六期。陝西詩詞學會主編之近五十年寰球漢詩精品。）

## 臺北北城門懷古　八十五年四月

原貌僅存此北門，登臨感慨舊情奔，
毗鄰大稻埕猶昔，遙指萬華俗幸存。
京劇名伶留絕唱，清歌陋巷向黃昏，
天朝帝澤百年遠，城闕題名尚有痕。

注：臺北城建於清光緒十年，西城門及城牆早經拆除，其他四座城門僅北門（承恩門）保持原來封閉式城堡面貌。北通大稻埕（今迪化街一帶），為舊時商業中心，迄仍商業鼎盛，為南北貨布匹藥材集散地，其間永樂戲院，四十年代有京劇名伶顏正秋張正芬進駐表演，曾經哄動一時。其南中華路鐵路沿線，當年簡陋茶館成列，由歌星駐唱，為遠近民眾娛樂中心。再沿鐵路南下至萬華（舊稱艋舺），為臺北最早水陸碼頭商貨集散地，後沒落，迄今仍為民藝集中區，寺廟、戲院、茶館、妓院……林立。

# 第四輯

# 丙子七十感懷及親友和贈詩（一九九六）

# 前言

民國十六年丁卯我出生於故鄉平江，八十五年丙子正月於臺北七十初度，以生辰為母難日，往例茹素紀念，即今古稀之辰亦不破例筵宴，僅吟成《感懷》四律寄奉親友徵和，幸承友好惠予和贈，真個花團錦簇美不勝收，是以彙為一輯。詩聖杜甫稱「人生七十古來稀」，近代闡人張群則謂「人生七十才開始」，或稀或始並不成議論，祇是活到四分三紀之年，幾經變亂、憂患纏身，從小雙親棄養，兄長殉國，於今兒輩尚在少年，亟待撫育成長，而渡海以來，兩岸隔離四十多年後才得開放交流，個人亦在離家四十六年後始能返鄉一省，家國多難，能不感觸良多，發為慨嘆。然則拙作雖多寫悲懷，卻非無病呻吟，消極無奈，仍寓樂觀進取之意也。

## 七十感懷

豈許從心欲，常因往事悲，三哥征未返，兩老病先違。
寇犯金甌缺，時艱舊業隳，卅年羈海上，臨老究何歸。

**二**

四分三紀久，憂患始終隨，富貴浮雲遠，親朋隔岸歧。
瑟琴嗟不叶，書劍幸相依，世變心常住，勿教本色移。

（第一、二兩首刊八五、一二、一、臺灣楚騷吟刊二七期）

**三**

七十古來稀，餘生不可知，人情多變化，世事總乖違。
少小方成長，邦鄉尚隔離，私衷猶未了，假我數年期。

**四**

或謂人生始，前途尚有為，采風探俚俗，記事寫詩詞。
慧眼觀時勢，澄心別是非，相迎新世紀，邁步不遲疑。

## 和韻一 李繪軒先生步韻四律

臺瀛初識面，相互喜而悲，喜則他鄉遇，悲因故國違。
古風皆已泯，大道亦全隳，淪落辛酸共，有家不得歸。

二

夜深常促膝，落月每相隨，論事有同感，談詩意見歧。
我言君不服，君語我難依，兩老深成見，堅持各不移。

三

年到古來稀，從心欲自知，國亡雖有責，天命總難違。
他瓦霜休管，自門雪掃離，論壇征戰地，禍福可無期。

四

東海源流遠，趨庭子有為，還欽鼇譜乘，也解作詩詞，
養性除煩惱，修身卻是非，期頤先預祝，邁進莫遲疑。

## 和韻二　蘇盎珍先生步韻四律

年屆從心欲，猶與往事悲，風波隨地起，人願與天違。
政變江山改，家移世業隳，壯齡游海國，皓首賦回歸。

二

歷盡滄桑苦，行藏書劍隨，人悲頭變白，君痛路分歧。
姊妹情如故，弟兄歎失依，河山雖鼎革，源本未曾移。

三

往事總依稀，浮生空自知，時清心自曠，世變願多違。
舊業全荒棄，故人遠隔離，補牢猶未遠，莫問短長期。

四

杖國初開步，壯心早有為，采風稽俚俗，明志見詩詞。
家乘詳修纂，時潮別是非，文章千古事，著述莫遲疑。

## 和韻三曹家瑞七十感懷・步徐傳經原韻四律

年屆從心欲，心從逾矩悲，中原爭未定，兩岸意相違。
暱久藷稱謔，歸頻客禮隳，汪洋蒼海隔，往復亟何為。

二

青衿嘗應召，浪逐更波隨，去國山河改，回鄉感遇歧。
紅顏賒隱約，黰蔭幻違依，老倦吟歸賦，東西嗤徙移。

三

閱歷記依稀，牢愁孑影知，春秋七十度，志趣百千違。
髮白風霜侮，心灰甲冑離，餘生屏眾念，採菊是翹期。

四

七十人生始，猶懷六九為，搔瘷吁執戟，伏櫪懍褒詞。
靜慮尋機理，澄明決是非，拋開心物結，盡釋昔時疑。

## 和韻四余與漢七十初度書懷．步徐傳經原韻四律

從未因情喜，何須為己悲，求田非所志，報國願終違。
曠達心無憾，時窮節不隳，悠悠忘漸老，薄暮欲何歸。

### 二

六十年前事，無猜兩小隨，一朝烽火急，兩岸世途歧。
白首傷猶別，紅顏願未依，茫茫人已杳，海誓總難移。

### 三

舊夢尚依稀，前塵未可知，人非余獨老，事與願常違。
處處傷飄泊，年年恨別離，家山千里外，何日是歸期。

### 四

壯志今猶昔，萬般皆有為，永恒同片刻，雅興在詩詞。
不慶七旬壽，因知六九非，法天惟不息，樂命復奚疑。

（刊九十年十二月山海盟詩詞）

## 和韻五張長坤表弟步韻四律

陳跡如雲幻，休論喜與悲，龍蛇曾啓蟄，猿鶴莫相違。
代有才人出，何憂舊業隳，仙槎河漢近，頻送故人歸。

二

伊人秋水隔，唯有此心隨，波浪看無際，親情未有歧。
重逢何緩緩，把袂更依依，曾記思君夜，欄杆花影移。

三

真儒日益稀，私願幾人知，家乘經釐定，方言辨正違。
牛眠安考妣，雁序慰分離，直上青雲路，佳兒必可期。

四

同學與中表，推君有作為，專長工數理，餘事擅詩詞。
龍馬精神好，親朋大半非，七旬飛萬里，百歲更何疑。

## 和韻六 外甥羅精華步韻四律

故里親情在，先生不可悲，金陵名已改，群眾志難違。
陌上春風拂，心頭往事隳，家中儲美酒，敬候渭陽歸。

二

歲月如流水，波濤永遠隨，風霜鬚鬢白，鼎革陸臺歧。
老友雖云逝，舊情尚可依，四峰仍屹立，時代向前移。

三

中華分必合，毋待著龜知，統合天人順，區分利益違。
全民同改革，兩岸莫歧離，九七之年後，三通早訂期。

四

七十才開始，人生大有為，澄心觀宇宙，彩筆寫詩詞。
共創今朝是，同除往日非，歡迎新世紀，奮鬥莫遲疑。

## 和韻七何岑喜先生步韻一律

古稀今不稀，健衛有新知，且看流霞美，勿憂治道違。
常和田野近，莫與世緣離，書劍長相倚，百齡信可期。

## 和韻八王聽球先生步韻一律

拜讀感懷句，同因往事悲，古稀情不盡，今歲願常違。
夜坐鄉思苦，晨興苟念隳，怨時人易老，曠達自怡歸。

## 和韻九胡堅同學和韻二律

古稀今不稀，操守令名馳，不作隨風草，寧為傲霜枝。
少年同學習，皓首嘆分離，壽祝團圓酒，歸來應可期。

二

楊洞烽煙別，相思半紀時，星沙欣敘舊，酒肆樂吟詩。
冷眼觀名利，丹心別是非，經霜風骨健，養性共忘機。

## 和韻十 陳定元學長和韻

巳焚筆硯學聾癡，老友依然索和詩，
為祝稀齡臻上壽，又從塵笥覓新詞。
垂髫共席聆師訓，白首懸車聚海湄，
待得春臨蘭桂茂，樽開汨水慶期頤。

## 題贈一　劉崇高表兄題贈一律

展讀佳章意興豪，詞壇藝苑領風騷，
筆強體健精神抖，學富品端誼行高。
堪羨惠連誠俊秀，深慚康樂怕揮毫，
同登壽域無疆福，那管駭浪與驚濤。

## 題贈二　李敬儀同學題贈一律

飄零書劍各華顛，忍憶藍田共硯年，
夜雨孤燈憐我獨，傳詩授禮羨君賢。
一株璀璨誇蘭桂，滿眼琳瑯炫詩篇，
七十從心心已達，稀耶始也任人詮。

## 題贈三　黃薦熙先生題贈五絕四首

詩賦古稀春，芳華日日新，感懷傷往事，蓬島避嬴秦。
祝壽仰鄉賢，晴空萬里天，堂前枝子貴，世冑喜年年。
處世重清操，才華意境高，門楣稱望族，世代出英豪。
世亂走天涯，無時不念家，榮歸頭已白，人影夕陽斜。

## 題贈四俚句恭祝金聲內弟七十大壽

何效忠一九九六年仲夏於當塗

有幸逢知己，交情永不忘，回思諸往事，歷歷見靈窗。
聯中初聚首，學習切磋忙，五子君其一，人稱五子強。
三回訪府上，竟爾坦東床，回顧姻緣路，憑君鼎力幫。
世途多變化，人際築高牆，相見無相識，親情望遠方。
運動緊連場，苦辛我備嘗，一家人六口，野菜塞饑腸。
幸君來接濟，從此解饑荒，能得今朝福，全憑救急糧。

卅年羈海上，九四才探親，久別重逢日，悲歡淚滿襟。
久別又逢君，予人印象深，鄉音無改異，情義重千金。
世變心常住，恒持本性真，臺瀛長作客，念念故鄉情。
教子一經明，佳兒信長成，自強行不息，來慰白頭情。
白頭無稍懈，寫作用功深，痛失山房稿，新詩發怒聲。
古稀還故里，兄姊未能迎，九七偕兒至，當塗掃徑迎。

**注**：岳父大人遺著《道彰山房文稿》、及詩、對、地理等稿件，全毀於變亂期間，爲內弟錐心之痛。

## 題贈五如夢令　何若松一九九六初夏於當塗

——舅父大人七十壽辰賦《感懷》四律徵和，並手鈔詩作百首贈我，彌足珍貴，勉成小令二首、藉祝嵩壽——

海峽汪洋難渡，祝願但能遙付，阿舅古稀辰，貽我百篇詩賦，佳著，佳著，傾訴一腔積愫。

二

坎坷人生何懼，揮手陰霾拂去，且把筆兒提，寫下萬千思緒，詩趣，詩趣，字裡行間吟寓。

**傳經加注：**甥女何若松，生性孝友，蕙質蘭心，因早年視網膜疾病，庸醫誤診，以致雙目失明，豈天妬斯人耶？尙能於黑暗之中，摸索出另一片光明世界。諸甥盡皆俊彥，然甥舅間時空距離太大，無法縮短，獨此女與老朽心靈最爲接近，因緣應不祇種於今生也。

# 第五輯

## 丙子仲春還鄉吟（一九九六）

## 丙子仲春還鄉紀事

海峽回歸一葉舟，連朝陰晦即時收，
七修族譜從心欲，兩岸知交把臂遊。
僕僕風塵行大道，濛濛煙雨泛中流，
多情戚友頻招飲，城市鄉村樂駐留。

（刊一九九七年七月湖南詩詞第三十八期，陝西詩詞學會主編之《近五十年寰球漢詩精品》，一九九八年北京華夏吟友第三卷。）

**注：**七修族譜乃年來主要工作，見第三輯所賦各詩。「連朝陰晦即時收」、指初春陰雨不開，加上臺灣大選前中共在海峽大規模軍演，茲大選已畢，暫時雨過天青。

## 步易堅邀宴席上述懷原韻

匆匆歲月等閒遇，莫向東流歎逝波，
老大康強宜惜福，新人輩出足高歌。
懸車市井囂塵邇，遁跡山林阻滯多，
落葉歸根原是夢，滄桑未必費研摩。

## 原韻 傳經兄自臺回鄉邀各友好陪同寒舍小酌席上述懷

易　堅

五十六年轉眼遇，諸君何計逐煙波？
倦飛心繫林泉靜，半醉情傾魏趙歌。
人至晚年棱角少，時逢知己直言多，
滄桑此後無回復，不必清宵費揣摩。

（刊一九九六年八月湖南詩詞第卅四期）

## 步張長坤表弟開發新區雅集原韻

仲春陰雨晦江城，遠客歸來乍轉晴，
海峽時掀千尺浪，親朋更注十分情。
少年分別求功業，老大相逢敘死生，
世路艱難心作主，光風霽月水流清。

## 原韻張長坤　開發新區雅集

春風二月滿江城，開發新區乍轉晴，
厚誼不因山海阻，遠方來敘梓桑情。
艱難未墜青雲志，談笑渾忘白髮生，
回憶楊源燈火夜，冰心仍似碧潭清。

## 附錄　張長坤　前題五言別韻

春風正二月，新區號開發，來訪表妹家，初晴路尚滑，
表兄徐傳經，矍鑠已高齡，自臺剛返里，跋涉未曾停。
妹夫彭新煦，家在北京住，兼程返故鄉，欲把離情訴。
同學單傳銘，由美亦返平，闊別五十載，重逢四座驚。
聯中老同學，易堅來赴約，我與家內人，盛情未能卻。
頻年西復東，今日喜相逢，惆悵分離後，窮通各不同。
分別時年少，重逢人已老，正氣天地間，長舒人懷抱。
主人徐傳琳，客至笑相迎，嘉餚與美酒，延賓具盛情。
歸行碧潭上，攝影留形象，都是畫中人，持此慰懷想。

## 步易堅兄長沙訪戴原韻

同窗相約會長沙，二度重逢語更嘩，
漫道蓬萊風景好，雲深暮阜始吾家。
（本詩單刊一九九八年北京華夏吟友第三卷）

## 原韻易堅　奉陪傳經兄至長沙訪晤李榮光鐘自立胡堅彭敏陶諸兄

專程訪戴至長沙，室外春寒室內嘩，
海峽狂瀾憑沸涌，情絲仍舊繫鄉家。
（本詩單刊八五、一一、一、臺灣楚騷吟刊第廿一期）
（以上二首同刊一九九六年八月湖南詩詞卅四期）

## 步胡堅學兄星沙喜會原韻

星沙二度慶重逢，學友聯床笑語濃，
還望及時成統一，故園歸老遂初衷。

（刊一九九八年北京華夏吟友第三卷）

## 原韻胡堅　星沙喜會傳經學兄

青絲時別白頭逢，夜話巴山情誼濃，
但願遠瞻全大局，和平一統喜由衷。

（刊八五、一一、一、臺灣楚騷吟刊廿一期）

## 丙子四月與易堅張長坤二兄之長沙拜訪李榮光鍾自立胡堅彭敏陶諸先生・步張長坤長沙行七律韻

天岳英豪冠楚荊，逸才宏放筆花生，
高山流水知音曉，古寺鐘聲夜泊名。
奪得小姑回大局，關防武漢護文明，
夬蒙解困明夷益，倚月聞箏思有情。

## 附錄張長坤　長沙行　七律一首呈諸詞長

少小同窗記識荊，白頭重晤慰平生，
曾聞縣志經釐定，幾度吟壇見令名。
詩草初成春雨潤，文風同振壽星明，
知音難得星沙會，兩岸鄉親敘舊情。

## 步張長坤表弟七十初度原韻

丙子仲夏於臺北

羨君杖國又齊眉，兼度金婚我輩稀，
棠棣敷榮春正好，鴻均物樂世亡非。
芝蘭玉樹庭階秀，妙句新詞藝苑飛，
修譜兩回成志一，再無餘事闖心扉。

二

滄桑歷盡倦遊人，我歎難歸舊院門，
棟宇傾斜房易主，文書毀棄室亡墳。
失巢勞燕嗟飛散，無怙姪猶喜倖存，
弱息還欣能跨灶，青年尚未許新婚。

三

俗務多端又見招，不辭返里路迢迢，
更張譜乘從心欲，小駐田園拾趣饒。
中表連朝添壽算，同窗迭日宴良宵，
縱談今古渾忘老，慷慨當年志未銷。

四

碧海蒼穹不繫舟，蓬萊勝跡待君收，
明潭景色宜詩畫，南島姑娘伴唱遊。
絲路迄仍通外國，瞿塘尚未截中流，
關河無礙人康健，願共車船一駐留。

（第四首刊一九九八年北京華夏吟友第三卷）

**注**：臺灣原住民屬南島語系民族，本島各旅遊觀光景點，多有原住民組團表演歌舞娛客。

原韻張長坤　七十初度

籌添七十且齊眉，盛世人康不覺稀，
恰值花開春正好，頓忘鏡裡貌全非。
香醪未飲心先醉，國杖初扶興欲飛，
除病微嫌良藥少，深居養性掩柴扉。

二

舉鄉游泮仰前人，節孝書香聚一門，
大母三遷勤畫荻，先兄中殂悵停塤。
萱花久萎深恩在，椿樹雖凋手澤存，
雛鳳聲清飛翮健，桑榆影裡度金婚。

三

弟妹怡怡每見招，珠江贛水路迢迢，
桂蘭毓秀春常在，桃李敷榮景最饒。
故舊有書來遠道，親朋剪燭話通宵，
同窗中表多才俊，豪氣深情並未銷。

四

歷盡風波不繫舟，片帆剛趁順時收，
個中得失渾如夢，林下休閒已倦游。
一卷交通歸縣志，兩修譜牒溯源流，
未來歲月從容過，棋苑書城任去留。

**注**：一九九六年平江縣修志，交通志長坤主筆。

（刊一九九八年華夏吟友第三卷）

## 重修雙親墓落成

一九九六年四月二十四日

悠悠往事未曾忘，故里依然豆麥香，
少小丁艱無怙恃，壯青歷險履冰霜。
年荒時亂離家宅，開放交流謁梓桑，
喜得牛眠安考妣，幽潛從此益昭彰。

（刊一九九七年七月湖南詩詞第卅八期）

## 附錄一　張長坤　瞻仰姑丈徐虎暨姑母張敏功墓

六十年來事未忘，平疇依舊菜花香，
前賢痛隔重泉水，後輩同驚兩鬢霜。
蔭失核桃懷竹馬，石留鐘乳閱滄桑，
山人讖應生前號，高塚巍然峙道彰。

（刊八五、一一、一、臺灣楚騷吟刊廿一期）

注：姑丈生前自署道彰山房主人，今果歸葬此山，墓下山麓即其祖宅，余幼時與諸表兄弟姊妹玩於屋側核桃樹下，此樹早已凋謝不存，唯從遠地運回之鐘乳石仍峙立於天井中，石上似群山聳立，睹物思人，不勝今昔之感，故詩中記之。

## 附錄二　張長坤撰墓銘

雲山江水　毓秀鍾靈
高明赫奕　鬱鬱佳城
既安且吉　並眠梁孟
人間天上　永證同心
廉能孝友　賢淑堅貞
好是懿德　偉哉典型

注：張長坤撰墓志銘刊七修族譜，茲將銘文單刊於此。

# 第六輯

# 丙子丁丑雜詠詩

（一九九六——一九九七）

## 彥兒東吳大學畢業感賦

八五、六、一五

褓抱提攜信長成，欣然回首看吳門，
焚膏繼晷多年苦，績學方冠此日崢。
百尺樓臺從地起，千秋事業豈天生，
知行困勉應如昨，美好前程步步營。

## 賀瑞君柏如彥平以及各同學東吳社工系畢業

驪歌高唱別成均，錦繡前程萬里春，
砥礪切磋還似昨，精研進取更翻新。
方冠正品誠修己，濟弱扶貧樂助人，
不日三通無阻礙，姑蘇北市九霄鄰。

**注**：東吳大學原設蘇州，故英文校名作 University of Soochow，其實大陸原校、早已正名為蘇州大學。

## 步易堅兄港澳回歸原韻

八十五年十一月

九七回歸倒計時，香江紀半耐沉思，
詎知域外彈丸島，化作天南霸業基。
追逐競爭唯福利，繁榮進步尚奢靡，
平和改造毋煎急，兩岸經營此是師。

二

賠金割地記讐仇，舊恨新愁迄未收，
港澳回歸原睿斷，釣臺淪陷卻優游。
任由倭寇強增塔，豈許魔燈再損甌，
翹首問天天不語，烝民無奈望瓊樓。

**附記**：一九九六年七月，日本右翼青年社、在釣魚臺豎立燈塔及太陽旗標誌，嚴重侵我領土主權，引起臺港陸人士強烈抗議，保釣又起熱潮。臺港並組船隊企圖衝破日艦防衛網，登陸拆燈毀旗，初次未能成功，港議員某且落海身殉。再次於十月X日衝破日艦防線，強行登陸成功，豎立兩岸旗幟，宣示中華主權。但陸臺政府當局、保釣態度均極低調。

## 原韻易堅　港澳回歸二律

香港回歸倒計時，百年風雨耐沉思，
清廷腐敗亡疆土，英帝侵凌毀國基。
布毒中華圖滅絕，殖民海島啓奢靡，
病夫徽號終除去，久鍊金剛必勝師。

二

少小難忘割地仇，有緣白首睹回收，
曾誇帝國日不沒，會見孤帆客遠游。
香港鳩飛還故主，澳門席散滌金甌，
西風乏力東風起，風送春歸萬户樓。

注：外國人曾稱中國人爲「東亞病夫」。

## 臨江仙

### 民國八十六年元旦試筆・步何效忠寄意韻

湍急濁流西逝水，濫汙淘汰英雄，
溪湖位勢瞬成空，
強梁依舊在，更見獨臺紅。

壇坫廟堂球會上，詐虞爭鬥觀風，
黑金官混喜相逢，
屠牛烹狗事，連李共謀中。

**附註：**

一、濁水溪爲臺灣最大溪流，西流入海。

二、早年高山開發，濫墾濫伐，生態環境橫遭破壞，致使多種稀有植物、草木菁英、無法生長，以及甚多野生動物、鳥獸長雄，無處棲息，而有害健康之檳榔，卻能迅速茁長，一枝獨秀。（參閱八六、五、一八臺北聯合報）

三、因水土未加意保持，平時溪水即挾泥沙下流，每遇颱風豪雨、土石更是大量崩裂、滾滾而下，致使各個水庫，逐年淤積，壽命縮短，功能減退。

四、蔣氏父子總統遺櫬，暫厝慈湖與大溪，近年政情改變，家屬有移靈奉安大陸之請求。其後繼者、仍舊強梁。

五、近年政壇一片混亂，壇坫廟堂之上、議會球場之中，官商勾結，詐虞鬥爭，不一而足。

六、八十五年十二月、國民兩黨在國發會中聯手作成臺灣廢省案，在法律程序尚未確定前，各縣市，即積極爭奪省產。（見八六、一、五、以後各報）新年屬牛，看來各方磨刀霍霍對向省產肥牛。

七、宋省長爲當年擁立大功臣，近年則獨行其是，廢省者廢宋也，兔死狗烹，古今皆然。

附錄

## 臨江仙·寄臺北徐傳經

何效忠一九九六年秋月

天岳巍巍臨汨水，其中幾許英雄，
風流雲散早成空，
吾儕仍健在，喜見夕陽紅。
書信遙傳南海上，仰憑鴻雁乘風，
回音應許再相逢，
滿懷憂樂事，留待對談中。

## 一九九七香港回歸

清帝由昏聵，英夷肆惡行，林公施鐵腕，正氣滿羊城。
粵海難窺隙，江陵辱訂盟，從茲蕞爾地，紀半殖晶瑩。

### 二

世界風雲詭，中華歷劫強，科研深有力，壇坫勇知方。
九七回歸慶，百年恥辱颺，海隅仍被蝕，日據釣魚疆。

## 香港回歸・查理黯然

七一回歸子正時，查理落寞有誰知，
大江東去浮漚幻，夕照西沉暮色遲。
米幟皇徽看剗削，權臣特首任驅馳，
從來有道強哉矯，愼領風騷莫倒持。

**附記**：一九九七年六月三十日午夜，緊接七月一日凌晨，在香港回歸典禮上，英國王儲查爾斯王子代表女王伊麗莎白二世、將香港主權移交給中共國家主席江澤民，自始至終，查理神情落寞，禮成後立即驅車至海軍碼頭，搭乘皇家游艇不列顛尼亞號離去，結束英人一個半世紀對香港之統治。強權與侵略之終歸敗落，由現場數千貴賓，及全球億兆觀眾透過電視媒體，親作見證，作者爲見證人之一，特賦詩以紀。古人謂黯然銷魂者、其查理之謂歟！

## 附錄 蘇盎珍 詠香港回歸七律二首

香港回歸自有時，今朝方慰兆民思，
任他空海新籌策，還我河山世守基。
華夏由來稱上國，英倫休再抗王師，
炎黃子姓今非昔，奮發圖強志不移。

二

南征北戰息讐仇，故壘蕭蕭烽火收，
帷幄運籌操勝算，舳艫浩蕩泛中流。
從今已返無瑕璧，此後何容有隙甌，
兩岸同胞齊舉踵，萬方瞻目上層樓。

# 七七抗戰六十週年

袍澤相邀上酒樓，蘆溝抗戰話從頭，
倭奴肆意侵華夏，中土誰甘作馬牛。
陷陣衝鋒無退縮，收京復地共謀求，
詎知六十週年後，當道媚東拜賊旒。

**附記**：抗戰勝利、臺灣光復五十年之後，本土意識擡頭，直指國民黨政府遷臺為外來政權。今年七七六十週年，竟然違背歷史事實、修改國中教科書，美其名日教導青少學童認識臺灣，實則遂行去中國化目的，自外於中國，否定臺民為中國人，並肆意媚日，將日據五十年說成日治，將日本壓搾臺灣之生產設施說成福利臺民之德政，將抗戰勝利日本投降說成終戰，旨在掩蓋鬼子之侵略事實。而據臺期間日本軍閥殺害眾多抗日志士之事實、竟然輕描淡寫，二次大戰時強迫臺民入伍充當砲灰，強徵臺女為慰安婦供鬼子兵洩慾等種種罪行，甚至隻字不提。如此數典忘祖、忘恩忘史、認賊作父之醜惡行徑，誠為無恥無知之尤，當道者之甘心媚日附日、別有用心，全民能不痛心疾首同聲譴責？

## 步黃薦熙鄉長八十感懷原韻　八六、四、一〇

縣弧令旦設華筵，喜慶優游自在天，
孟案齊眉呈美酒，萊衣繪彩舞絲絃。
友朋合唱生辰樂，袍澤爭誇志士賢，
海屋添籌申伯壽，花開二月十分妍。

二

瞭望神州上畫樓，八年抗戰話從頭，
倭奴自古為狼犬，華夏誰甘作馬牛。
殺敵除奸何所懼，復仇雪恥別無求，
回思勝利還都日，爆竹煙花映彩旒。

三

宦游蓬島幾經春，堪羨齊家又潤身，
體魄康強神采奕，桂蘭挺秀物華新。
陸臺情勢趨和解，統獨爭端待質詢，
拋卻箇中無謂事，讀書養性保天真。

四

東來就學本昂然，孰意羈臺五十年，
鑄劍硎兵空過往，尋章摘句讓時賢。
當年幸識荊州面，客歲同攀幕阜天，
霽月光風何處有，如公種福在心田。

**注**：一、一九九四年仲秋余初次還鄉，薦公亦先我返里，在縣城不期而遇，相與同遊。
二、元代邑人胡天游有詩句云：「幕阜山高一千八百丈，我疑山頂即天上。」

## 原韻黃薦熙八十生辰感懷

一九九七年二月於臺北

兒女親情設壽筵，悟儂生日是今天，
佳餚美酒延賓客，祝嘏稱觴奏管絃。
八十芳華傷世亂，二三摯友念先賢，
修來矯健精神爽，晚節黃花分外妍。

二

春暖花開上翠樓，今朝嵩壽數從頭，
家貧輟學誰資助，野外荒郊我牧牛。
抗日參軍為報國，當兵效命別無求，
近年袍澤多凋謝，留得衣冠拜冕旒。

三

逝水韶華八十春，宦遊蓬島暫棲身，
江山不老斯人老，時代更新局勢新。
兩岸干戈化玉帛，雙方協議待諮詢，
白頭早有還鄉夢，歸去來兮信是真。

四

老大康強聽自然，粗茶淡飯度餘年，
讀書習劍教兒女，冷靜修持學聖賢。
富貴榮華如泡影，光風霽月薄雲天，
平生不作欺心事，忠厚傳家種福田。

## 步李榮光先生七五初度原韻

一九九七年八月

精神矍鑠勝中年，修志依然猛著鞭，
稿審卌篇宵不寐，書成十卷晝酣眠。
分明世事留青史，評比英豪並昔賢，
卓卓其行人共仰，風姿詳雅蓋詩顛。

**注**：平江縣志一九九四年七月出版，全志八卷二八篇，另卷首卷末。

## 原韻 李榮光 七五初度

七五生辰樂晚年，補償荒失猛揮鞭，
審編史志晨曦起，刪改文章午夜眠。
北往南來尋舊跡，東奔西走訪時賢，
但求徵信能傳後，敢惜衰頹雪滿顛。

（刊一九九七年六月平江天岳詩詞第五輯）

## 步張長坤表弟七一初度原韻

寒暑相侵髮鬢蒼，旅人無奈滯南方，
三通改進為時近，兩岸和平歷路長。
前歲弟兄曾聚首，去年稀古又聯牀，
添籌晉一難同樂，稍待相期共舉觴。

## 原韻 七十一歲初度寄傳經表兄仍用以前唱和舊韻

張長坤

同傷兩鬢已蒼蒼，仍阻蒹葭水一方，
港澳回歸都在邇，臺澎和解應非長。
鐘聲滴答難成夢，花影婆娑欲近牀，
怕看團圓天上月，年年隔海各稱觴。

## 丁丑中秋送李繪軒先生還鄉定居

穹天極目盡蒼蒼，久別家山在遠方，
土改文革風已息，三通一統路還長。
中園痛失揮毫處，小洞新添席夢牀，
返棹歸田佳日近，蕪詞祝福代稱觴。

**注**：李先生老家平江三墩小洞，還鄉定居，睡席夢斯彈簧牀，正好重溫舊夢。渠近年在臺北市中園工作，揮灑自如，該處距敝寓甚近，過從方便，惜房舍被市府收回拆除，改建學校，先生亦因此退休。其還鄉也，堅辭友好設宴餞別，謹以俚句祝福。

## 丁丑中秋臺北獨望

憑欄外望市容蒼，多少囂塵集此方，
港澳回歸雲過眼，陸臺統合路偏長。
客中縱有書為伴，老至還虞病臥牀，
海內知交存幾許，中秋對影獨稱觴。

（刊一九九九年二月湖南詩詞第四十五期，陝西詩詞學會主編《近五十年寰球漢詩精品》）

## 欣聞七修族譜梓印完成

一九九七年

桑榆晚景綻餘光，墳譜雙修揭主張，
丙子還鄉評議定，年來在地實施忙。
後人世系詳稽考，前代行藏更闡揚，
家乘欣聞刊印畢，何時祖墓復輝皇。

## 附錄 張長坤 徐氏族譜頌

隱平避亂自安公，蕃衍千年族姓隆，
東海能容天下水，西風無碍歲寒松。
封疆若木開基業，仁政偃王擴附庸，
釐定源流符史實，七修文獻樹碑豐。

（刊八十五年十一月一日臺北楚騷吟刊二十七期）

## 孫悟空・時事偶拾

彈來跳去潑孫猴，禍到臨頭始識愁，
任汝雲行千萬里，難逃佛祖掌心頭。

注：國民兩黨聯手廢省，旨在廢宋，省長宋楚瑜對總統李登輝大表不滿，當年雖擁立有功，仍難逃兔死狗烹宿命。宋雖不斷反彈，李卻從容對應，李說宋雖有孫悟空功力，能夠千變萬化，一個筋斗雲能翻騰十萬八千里，但難翻出他如來佛之手掌心。

## 詠戴妃之死

一九九七年九月

天生麗質耀璿樞，俗子無知棄玉珠，
慈愛心懷童稚慕，紅顏薄命衆嗟吁。

**附記**：英國王妃戴安娜、麗質天生，但婚姻並不如意，當年王子同公主之夢幻組合、舉世艷羨，但因查爾斯王子之舊情難斷，令戴妃含怨深宮，前年終於仳離，各闢蹊徑。但此姝身爲兩個小王子生母，可能有一天晉位爲國母，因此儘量走出陰影、面對世人，關懷戰亂難民、饑餓兒童及愛滋病童，以此而獲人道獎。一九九七年八月卅一日偕男友法伊德在法國南部出遊，不幸車禍喪生，頓時香消玉殞，男友亦與之偕亡，消息傳來、舉世震驚，爲之一掬同情淚，英國子民更是悲痛莫名，並不以其緋聞而稍減追思之情。

## 悼德勒莎修女

一九九七年十月

慈愛心懷本性靈，神恩庇護享遐齡，

蠻荒深入療飢溺，俗眾何堪隕德星。

**注：**德勒莎修女、於一九九七年九月病逝於印度。德修女以一人之力、組織「仁愛傳教修女會」、長年在印度濟助貧苦大眾和垂死者，畢生心力盡瘁於斯，贏得世人尊敬，以此獲一九九七年諾貝爾和平獎。其死也、舉世震驚、同聲哀悼。

## 香爐初詠．北港香爐人人插　八十六年八月

香爐北港耀靈樞，大腹能容衆插株，
暮暮朝朝終破損，教從何處委殘盂。

注：八十六年七月、女作家李昂出版小說《北港香爐人人插》，描寫政壇名人、名女間之政治糾結、情海波瀾，還有女人與女人之戰爭，情節誇大，且有影射作用，造成一時哄動，洛陽紙貴，書名乃成爲衆口喧傳之名言。

## 香爐續詠．路邊尿桶人人撒　八十六年十二月

破爐誰肯清香插，丟向道旁由踐踏，
麗質難棄餘值剩，路邊尿桶人人撒。

注一、十二月底臺省及金馬縣市長選舉、兩黨對抗，北港香爐又炒作成選舉話題，說破損香爐不堪再插，被丟棄道旁，任人作踐，結果淪落至「路邊尿桶人人撒」之慘境，又一名言於是再現江湖。
二、拙作但將兩句名言聯吟，初詠續詠一氣呵成，不涉人事品評。

## 鞏固領導中心　八十六年十二月

連年亂政反輿情，佞倖包圍主不驚，
綠色變天民惡惡，中常祇見保皇聲。

（刊八十七年二月臺北國是評論月刊五十五期）

**附記**：民國八十六年十一月廿九日臺灣省及金馬選舉，民進黨囊括本島東北部及西部精華地區縣市長達十二席之多，國民黨僅得八席，一時惶恐綠色變天，因此要求高層負責之聲四起，而當局卻老神在在，處變不驚。十二月三日中常會中，由副主席帶頭高喊「鞏固領導中心」，其他異聲即微弱不聞也。

## 日軍南京大屠殺六十週年痛言

八十六年十二月

日寇侵華罪孽深，南京屠殺世無倫，
居民卅萬遭荼毒，血債甲年未算清。

二

鬼子兇殘駭聽聞，剜心破肚活埋人，
強將婦女姦淫後，還把棍柴插膣門。

三

以德報怨本仁心，惡賊冥頑不悔行，
公道討回誰遇分，番顛反訴逾皇民。

四

復仇雪恥志難售，失釣亡魚又被羞，
兩岸仁人齊奮起，除奸破賊待從頭。

（刊八十七年二月臺北國是評論月刊五十五期）

**附註：**

一、民國二十六年十二月十三日、日軍在南京大開殺戒，持續三個月，我同胞三十多萬人慘遭毒手。六十週年之日、南京各界集會紀念，中共高層未派人參加。

二、是日新同盟會在臺北市國父紀念館、舉辦大屠殺及七三一罪行照片展覽，其時立委李慶華在ＴＮＮ李敖笑傲江湖節目中，對日寇亦大加撻伐，官方竟爾無言。

三、彼邦法界學界對侵略行徑，近年也發出譴責之聲，東瀛政府卻從未向被害國道歉。

四、八六年十二月二十一日臺北報紙報導，我總統對產經新聞說，要日本爲侵華大屠殺持續道歉太過分，此話不知怎講，事實上日本從未道過歉。縣市長選舉時，阿扁說李登輝老番顛，豈祇番顛，其反訴更勝過皇民。

五、日本自一八七四年犯臺開始，至今百二十年間，對我侵略從未間歇，近年對釣魚臺列島又強行霸佔，侵我領土主權，絕我漁民生計，凡此種種，少數人竟刻意爲之掩蓋，將其罪行從中小學教科書中一筆勾銷，是可忍孰不可忍也。我輩從歷史中走過來，身受其害，該當奮起圖強，除奸破賊。

# 第七輯

# 戊寅還鄉吟及雜詠詩（一九九八）

## 戊寅北京行　八七、五、一〇

萬里飛行勉力支，親友重聚慰相思，
表中不克京華會，遊旅行程未改移。

二

二度重來舊地遊，宮牆勝跡漫停留，
天安一瞥紅旗展，又到明圓弔石頭。

## 當涂姊夫家歡宴即席

遠客新從海上來，有兒不克緊相陪，
隻身先作京城客，然後當涂走一回。

二

合第團圓宴會開，女兒烹飪顯多才，
諸甥敬舅頻頻飲，姊丈求詩擊缽催。

### 附錄　甥女何若松餞別舅父口占　一九九八、七、八

宴罷團圓又別離，挑燈夜話語《無題》，
何時共賞《聲聲慢》，期在重逢把酒時。
注：《無題》、李商隱詩，《聲聲慢》、李清照詩。

### 自京返平晤妹夫彭新煦承其兄新民先生設宴洗塵

我去北京君返平，家鄉把晤更開心，
姻兄盛宴連杯酌，僕僕風塵一洗清。

### 賀張長坤表弟喜得文孫·步生孫口占原韻

喜得文孫事足誇，招來鴻運必佳佳，
嫦娥愛晚違湯餅，親友趨前喫桂茶。
詒厥孫謀斯燕翼，繩其祖武克名家，
遲遲我始登門賀，蒲酒頻杯笑語嘩。
注：丁丑七月梢生孫，戊寅端節道賀。

**原韻張長坤生孫口占**　一九九七、七、一

好事多承舊俗誇，故從小字喚佳佳，
欣由稚子綿瓜瓞，忙煞阿婆備果茶。
未必琴書真欲託，只期孝友可傳家，
適逢宅相連翩慶，怪底簷前鵲噪嘩。

**端節後二日張長坤表弟設宴洗塵即席**

中表洗塵酒菜豐，至親好友又相逢，
龍舟競渡汨江上，笑語喧騰雅室中。
舊俗未隨新事改，朝霞更比夕陽紅，
何年共赴蓬萊會，一覽南疆沐海風。

## 附錄張長坤

## 端節後二日邀傅經表兄及親友敝盧小酌

龍舟競汨水，取次喜銜杯，慍逐薰風解，歡隨舊雨來。
今朝開筵宴，友情緊相催，情屬中表誼，傳琳來作陪，
大家忘年邁，談笑心花開。表兄老同學，讀書展俊才，
兵工入學後，隨校遠遷台，一別卅六載，雲鎖望鄉臺，
大陸開放後，喜訊自蓬萊，難忘離日苦，猶作夢中猜。
旋圓探親夢，飛越水縈迴，五載三往返，親人笑上顋，
舊時萬斛愁，頃刻化為灰。表妹夫彭老，科技界良材，
幼同商業校，日機正降災。寇機來六架，投彈不計枚，
機槍穿梭掃，炸彈聲似雷，同學都星散，房屋全被摧。

中學楊源洞，嗟我獲病痎，同學雖未久，更添親誼培。
表妹與聯姻，雙修證良媒，宅相皆大器，門庭挺三槐。
易君老同學，文戰屢奪魁，晚年為吟友，詩草互剪裁，
今喜夫婦倆，偕來醉舊醅。秋菘與春韭，家園手自栽，
菲筵愧不恭，賞光幸未推，酒酣耳熱後，笑林供談偕，
回憶少年事，雄心亦壯哉。今皆已年邁，難教器宇恢，
親友多身故，墳前不勝哀，後輩班班起，秀女多攜孩，
同輩添白髮，精神仍未隤。筵席有時盡，離情心底埋，
故人過訪處，苔痕印錦鞋，郇令香留座，馥郁溢書齋。
親情兼友誼，怡然開素懷，但願人長久，遠隔心卻偕。
只今三徑上，相思獨徘徊，期踐來朝約，珍重醉玉壘。

## 戊寅探親行・步張長坤宴酌四十韻

九八、六、一

汩畔開筵席，親朋互勸杯，歡娛緣底事，海上客歸來。
離家半世紀，歲月緊相催，三度回鄉里，單飛子未陪。
兩岸分離久，三通漸放開，交流而互補，經建集長才。
改革兼開放，空橋接陸台，歸來行旅便，免上望鄉臺。
朝辭臺北去，巨鳥出蓬萊，薄暮停燕市，飛安不用猜。
市郊甥候舅，的士一環迴，頃刻都門聚，親人笑上顋。
兄至妹心喜，離愁化作灰，南山喬梓對，夫貴子成材。
友甥邀宴酌，難忘亞東災，家園遭毀壞，災民不勝枚。
風雲雖詭譎，大地免驚雷，構架根基固，無虞暴雨摧。
少壯多磨鍊，能防老病痎，小園風景好，花樹早成培。

小住京華日，暫違視聽媒，宮門覘氣象，內苑仰疏槐。
金粉秦淮冠，六朝早奪魁，石頭城下過，未許錦箋裁。
當涂訪老姊，家釀有新醅，姊丈知行一，新枝駢手栽。
盲女特聰慧，詩文不次推，毛衣親手織，夫婦樂和諧。
病兒長看護，兄姊力疲哉，兩子如親願，學成器宇恢。
家門看閥閱，難解老人哀，孫女來相慰，歡顏撫幼孩。
離皖旋湘省，神清氣未隤，晴空飛萬里，偶被白雲埋。
大道回鄉曲，車行護錦鞋，妹家居處好，訪客滿書齋。
煦民相候久，堅向笑開懷，導令雙雙至，煥恒未與偕。
故人情意厚，里巷幾徘徊，取次承佳宴，多番醉玉壘。

## 附錄 前題四十韻撮要十六韻

朝辭臺北去，巨鳥出蓬萊，薄暮停燕市，親人笑上顋。
兄至妹心喜，離愁化作灰，南山喬梓對，夫貴子成材。
小住京華日，暫違視聽媒，宮門覘氣象，內苑仰疎槐。
當涂訪老姊，家釀有新醅，姊丈知行一，新枝駢手栽。
盲女特聰慧，詩文不次推，兩子如親願，學成器宇恢。
離皖旋湘省，神清氣未隤，晴空飛萬里，偶被白雲埋。
大道回鄉曲，車行護錦鞋，妹家居處好，訪客滿書齋。
故人情意厚，里巷幾徘徊，取次承佳宴，多番醉玉壘。

## 易堅老同學天岳書院寓所九老會

戊寅五月十一日

書院居家好，宛如圖畫中，
苔錢沾化雨，桃李沐春風。
遠道來稀客，華堂宴眾翁，
佳餚佐美酒，個個醉龍鍾。

### 二

酒酣談往昔，絮絮語無休，
世紀風雲詭，乾坤日夜浮。
苦辛如夢魘，老退幸優游，
盛會應難再，松間把影留。

## 邀蘇盎珍先生碧潭凱旋樓便餐

一九九八、六、二九

潭畔聳高樓，凱旋名著尤，
佳餚飴貴客，雅樂遣閒愁。
遠處仙山峙，近邊汨水流，
平城來眼底，天岳畫圖收。

二

前年風雨會，今歲凱旋盟，
老友精神爽，高樓笑語盈。
鄉情堪採記，祖墓待經營，
再次端陽節，歸舟汨上行。

**加注：**已卯端節前數日，我如詩中所言，再次耑返故鄉，並長住至舊曆年底，其間除經營祖墓外，並南來北往，探親訪友，采記鄉情。

## 戊寅還鄉修墓紀事

一九九八年八月

朝辭臺北去，展翅出蓬萊，兩岸無干涉，五年三度回。
北南萬里行，端節返昌平，返里無多事，一心復祖塋。
古墓千年物，遠孫卻不文，壬申碑亂刻，乖謬不堪聞。
錯謬眾蒙羞，旅人愁更愁，多番延族友，重整共謀求。
官廳察此情，文保再重申，擴地若干丈，墓園好整新。
工程先繪圖，設計具規模，舊塚風光好，新營景物殊。
各地賢豪至，平城會議長，工程需鉅款，集款費商量。
農村經濟緊，集腋亦成裘，工商多捐獻，芳名刻石留。

華容先墊款，湘汩不輸人，岳府傾全力，瀏陽集議頻。
鄂省傳消息，臺瀛海外親，平江多族裔，輸將豈後人。
鐘洞與三墩，胡避最用心，南江和濁水，眾議共遵循。
文物宜保護，社會同關心，出錢還出力，盛舉共襄行。
我既充前卒，祖鞭自着先，出錢無吝嗇，更把墓碑研。
天寶唐盛世，安公比昔賢，碑文詳記述，俾使永流傳。
塔洞築佳城，官民共寄情，施工委小組，秋後啓工程。
難熬三伏暑，暫返臺灣住，春節後返平，還來襄盛舉。

# 贈顏丹族台

並序　　一九九八年八月

我鐘洞徐氏世旻房七修族譜，由顏丹賢侄主其事，梓成後，渠又排除萬難，爲修復始祖安貞公塋墓奔走，已與湘北鄂南各縣市、以及平江本縣各地族裔溝通，達成共識，興工在邇，可喜之至，特賦七絕四首以贈。

三度還鄉萬象春，探親睦族喜逢君，
樂群敬業衷腸熱，公益關心不後人。

二

繼往開來譜七修，全盤規劃佐同儔，
任勞任怨心無悔，正本清源願已酬。

三

恢宏祖墓蓋謀圖，振臂登高共一呼，
湘北鄂南齊響應，心誠贏得眾擎扶。

四

同舟共濟浪滔滔，湖海元龍氣自豪，
逆流湧至堅持舵，力挽狂瀾穩握篙。

## 贈新民族台辭源題辭

書到用時方解用，好書更比好人親，
常查常閱無窮益，劍贈英雄筆贈君。

## 擬後湘軍志題辭

洞庭衡嶽戰雲深，卌載爭兵孰與倫，
欲曉當年征伐事，大家來讀後湘軍。

## 碧潭即景

髫齡別後幾經年，滿眼風光迥異先，
接地長虹來飲澗，碧潭驚覺失清泉。

**附記**：平江城東石碧潭，原來清明澄澈，波光崖影、景色怡人，尤其碧潭秋月、分外皎潔，評為昌江八景之一。近年改善交通，於其近處劉家灘興建大橋，成為城關與郊區通道，因此碧潭碼頭停止擺渡，潭水亦枯涸污染，往日詩情畫意，不得復見。

## 戊寅歲梢臺北寓所整修　八八、一、一〇

醜陋而封塞，層樓晦不明，
推牆鋤旮旯，髒亂免藏形。

### 二

根基原鞏固，除腐更維新，
世代臨交替，接班賴有人。

## 廚房整新換手　八八、一、一〇

為何君子遠，破陋不堪親，
病灶連根拔，庖廚日又新。

### 二

民生先飲食，鼎鼐見功深，
新手初調味，小鮮若大烹。

## 仿古詩行行重行行

行行重行行，一去杳無音，
田園生穢草，釜灶半封塵。
親友皆他向，苔階少屐痕，
風帆片片近，不見遠歸人。

往昔溫馨夜，如今冰冷衾，
獨眠難轉側，起坐彈鳴琴。
斷續不成調，夜闌鴉幾聲，
何時君返棹，慰我寂寥心。

# 第八輯

# 己卯還鄉吟及雜詠詩（一九九九）

## 十四期同學慶祝母校兵工學院院長陳大剛老師九秩晉三嵩壽喜賦一律

一九九九年三月

破浪同舟泊此方，鱣堂敷教列門牆，
身沾化雨終成長，道在止戈待發皇。
東海能容斯廣大，泰山無欲仰高剛，
九三乾惕師生樂，百歲康強再舉觴。

注：陳老師原籍江蘇，故第五句東海云云。

（刊八六、六、三〇　臺北校友通訊六十五期、中正理工學院海外校友通訊一三〇期。）

## 己卯南京行

一九九九、五、三〇

久別重來舊地游，尋幽覽勝幾勾留，
京都氣勢依稀在，國府風光彷彿收。
玄武秦淮追往跡，紫金祿口見新猷，
中山陵寢仍高聳，兩岸衣冠拜冕旒。

（刊湖南詩四十七期）

**附記**：一九四七、四八年，兩游南京，四八年暑期在此考取兵工學院，九月即至上海吳淞入學，因時局逆轉，旋即隨校遷臺，從此久別大陸河山，至海峽兩岸開放交流後始得返鄉探親。今年一九九九、四度返鄉，再次蒞臨南京、舊地重游，前此相隔已逾半世紀，真是時光易逝，不勝今昔之感。此地近年各項建設大有進步，如祿口機場與紫金樓賓館等等，設施及管理均臻現代化水平。

## 和韻一　李行敏先生步韻一律

客來彼岸喜重游，風景依稀記憶留，
歷史煙雲天際逝，江山錦繡望中收。
龍蟠勝狀開新局，虎踞雄姿展遠猷，
三百台階飛健步，中山陵上仰旌旒。

## 和韻二　張長坤先生步韻一律

金陵訪友又重游，虎踞龍蟠勝狀留，
王氣久從江底落，風光今藉筆端收。
好隨故舊尋遺跡，更見時賢展壯猷，
巍巍中山陵永峙，晨曦和煦現旗旒。

## 和韻三曹家瑞先生步韻一律

少壯荒唐妄戲游，重來戀戀未曾留，
六朝興替因頹廢，兩岸滂沱怎放收。
虎踞巍峨難固恃，龍蟠慷慨枉宏猷，
蔣山訪客今尤甚，誰識艱辛變冕旒。

**註**：東吳孫權避祖諱，改稱鍾山為蔣山，宋復舊名。

# 南京訪李行敏鄉兄　並序

一九九九年五月廿二日、我自臺灣飛南京轉當涂探親，廿五日偕妹夫彭新煦妹傳芳返寧、耑訪鄉兄李行敏先生。李先生爲政協江蘇省委人事處長，與老朽雖是初會，但早有詩札往還，神交已久，其人豪爽豁達，熱情洋溢，是以一見如故，相與暢談桑梓事。承先生及夫人導遊中山陵及原國民政府等處勝蹟，盛筵款待，邀來老同學黃文虎歐陽敏夫婦作陪，席間鄉音無改，談笑風生，其樂融融，晚間又安排住宿於紫金樓賓館，濃情厚誼，中心銘感，特賦一律以紀。詩曰：

己卯還鄉白下行，暌違半紀又重臨，
中山陵寢今猶峙，介石官轅早易名。
學友相逢欣晚節，神交把晤慰平生，
李君夫婦隆鄉誼，孺子長銘下榻情。

**和韻一**　李行敏先生步韻一律

桑梓情深幾度行，石城久候喜光臨，
華章妙句花添錦，玉振金聲實副名。
勝蹟重溫增感慨，親朋暢敘話平生，
匆匆來去言難盡，萬縷千絲兩岸情。

注：徐傳經小字金聲。

**和韻二**　蘇盅珍先生步韻一律

海上歸來白下行，居然舊地又重臨，
神交乍見驚年貌，老友新逢問姓名。
鍾阜浮雲懷往事，秦淮把酒話平生，
悲歡聚散無常軌，珍重今朝訪晤情。

## 和韻三曹家瑞先生步韻一律

猶記北南偕步行，金陵道上得重臨，
遙瞻陵寢罔朝誓，近想秦淮空令名。
雨石山頭尋石散，莫愁湖畔惹愁生，
陳年往事縈難釋，老去孤單更有情。

## 步石城雅聚原韻呈李行敏鄉兄

兩岸鄉親千里會，金陵文物久彌新，
雲浮鍾阜十方仰，月湧長江萬古情。
客地相逢聞問切，石城雅聚酒筵頻，
李君豪氣凌霄漢，遠客緣多幸識荊。

# 原韻 石城雅聚呈徐傳經先生等平江父老 並序

李行敏

徐傳經先生係家繪軒叔祖摯友，同爲旅臺人士，小子早讀其詩，久聞其名。己卯年古曆四月十一日，徐老由臺返鄉探親，專程來寧枉顧，同行者有其大妹夫彭新煦先生、大妹徐傳芳女士，在寧迎候者有黃文虎先生、黃夫人歐陽敏女士，大家都是六十年前老同學，也是老平江人。小子夫婦設宴於紫金樓，聊表敬意。與五位同鄉前輩雖初次見面，卻一見如故，話語中鄉音道地，彼此間調嘴掀天，滿堂歡樂。喜賦一律，敬呈五老留念。詩曰：

紫金山下風光好，玄武湖邊物候新，
煙水六朝迎遠客，江流萬里注深情。
新知舊雨相逢晚，笑語歡聲對飲頻，
我愧才疏筵亦薄，三生有幸識韓荊。

## 和韻蘇盎珍先生步韻一律

金陵文物千秋盛，歷代衣冠舊換新，
鍾阜雲開山煥彩，長江月朗水縈情。
三生緣會心靈合，萬里神交筆訊頻，
雅聚名樓空嚮往，幸從鄉土識韓荊。

## 己卯端節長平訪友

一九九九年六月用南京訪李韻

四度還鄉訪友行，星沙汨水喜重臨，
大夫百世垂高節，書院千年著令名。
野老相逢談往事，新潮同步快平生，
滄桑變化風雲詭，觀變時懷跨紀情。

（刊湖南詩詞第四十七期）

## 步李榮光先生相見歡原韻

一九九九、七、二五

連年四度歸來、有為哉，
三訪長沙、愛聽話襟懷。
臺灣水、雖甜美，總思回，
兩岸爭端又發、怎安排？

**注**：李登輝於七月間放言兩國論，弄得兩岸關係、再次緊張。

## 原韻 相見歡・傳經兄自臺返鄉來訪、即席作

李榮光九九、七、一五

有朋自遠方來、樂乎哉，
小敘長沙、愛聽話襟懷。
故鄉水、最甜美、盼君回，
願得明春花發、早安排。

## 往日皆空・無由自在　一九九九年七月

——兵工五十年及退休二十年感言——

止戈原是書生夢，回首從前五十年，
迫砲機槍皆過往，衛星飛彈望當前。
兵工竟爾諸空日，退食難游自在天，
晚景桑榆何所慕，梓鄉探俗代歸田。

（刊八十九年四月卅日臺北校友通訊六十四期）

**題解**：國民兩黨聯手廢省，旨在廢宋，民選省是宋楚瑜退職時、總統李登輝以「諸法皆空、自由自在」八字為贈，詩題本此改寫。

## 拜讀建新一號紀要呈美國曾棟太兄致意

一九九九年七月十九日於湘平

當年立志正時宜，于役兵工好作為，
有勇知方完使命，夬蒙解訟破危疑。
祖鞭先著其功首，猿臂不封祇數奇，
海外駐留綏百福，家山遙望總迷離。

（刊中正理工學院海外校友通訊一三二期）

**注**一、棟太兄撰建新一號紀要刊海外校友通訊第一三〇期。
二、建一任務完成後，曾兄雖循序升遷，進入所屬兵工廠決策位階，但因時勢所限，未能更上層樓，獨當一面。

## 李登輝放言兩岸爲特殊國與國關係惹得大陸與港澳群攻強批

一九九九、七、二五於故鄉平江

聞八烽煙記憶新，斯人語次又無倫，
不圖安定全民福，再造麻煩兩岸爭。
豈為千千贏選舉，徒招九九起風雲，
但期雨過天青後，海峽波平萬里春。

（刊一九九九年十月三十一日平江時報）

**附註：**

一、本年七月李登輝在臺北接受德國媒體記者訪問時，放言「兩岸爲特殊國與國關係」，即所謂「兩國論」。

二、二〇〇〇年八月九日臺北各報報導，事後「臺灣國防報告書」揭露，兩國論提出後，中共在南京與廣州兩個軍區內、都實施具有針對臺灣性質之三軍聯合登陸演習。

三、老美曾指李爲「麻煩製造者」（TROUBLE MAKER），其兩國論確爲臺灣製造不少麻煩。

## 己卯重九客中夜寒不寐

一九九九年十月十七日於平江城關

涼秋九月汨江寒，被薄更深思萬端，
既困天孫夸兩國，復驚地震襲臺灣。
校編家乘時程誤，重整祖塋歷路艱，
久住明知各至冷，思歸倦鳥暫難還。

**附記：**

一、九月廿一日臺灣中部南投縣山區發生七點六級大地震，災情慘重，並波及全臺。之前七月間李登輝發表兩國論，並爲震驚及危害臺灣之兩件大事。

二、我爲七修族譜編好底稿，交由家族主事者照本付印，結果印成品錯誤太多，本擬在此次返鄉期間校正重印，但因忙於重整祖塋事務，無法兼顧校編工作。

三、馮正中詞，「波搖梅蕊當心白，風入羅衣貼體寒」，我於初夏返鄉，時至九月重陽，雖非波搖梅蕊時節，但也是「已涼天氣欲寒時」，風入羅衣，仍然貼體寒也。

## 始祖墓修復感賦

一九九九、一二、三一

敬祖頻年萬里行，遺阡重整會群英，
蟒蛇吐氣千山動，烈馬奔江五路征。
圓塚方臺文物顯，豐碑頭石事功銘，
於今勝狀恢宏後，不羨汾陽宰相塋。

（刊天岳詩社編平江風景名勝詩詞聯選集，臺灣楚騷吟刊第四十期）

**附註：**

一、我徐氏遷湖南平江始祖安貞公原籍浙江，於唐玄宗開元初年成進士，累官至中書侍郎，工詩，甚得玄宗恩顧。天寶十四載避祿山亂、與劉光謙等五侍郎南游，止寓平江，世稱六相隱平，宋范致明《岳陽風士記》曾略述六相生隱歿葬事。

二、安貞公居下臺（今瑚珮，原稱胡避、避胡也），建回臺寺、參禪禮佛，不聞世事。歿葬下臺北隅塔洞（今三墩徐家坊），墳頂壘石爲塔，墓穴稱蟒蛇吐氣，墓前方山岳形似烈馬奔江．後世子孫初分鼎、倫、俛、侃、華五大房，散居湘北鄂南各縣，衍及全國各省，有「烈馬奔長江、子孫發遠方」之說。

三、墓葬迄今已千二百餘年，歷盡滄桑，尤以一九四九年大陸變革後，塋墓遭致嚴重破壞，雖然墓體倖存，卻已面目全非。一九九四年小子初次自臺灣返鄉探親時、倡言整修恢復，獲得族人贊同及政府重視，列爲重點文物保護單位，嗣經以族顏丹爲首之修墓小組成員、各方奔走籌款，積極規劃設計，個人亦頻頻返鄉給予助力，修墓工程乃得啓動施行，循序漸進，經於一九九九年底初步完工。

四、詩頷聯描寫修墓之動態情形，「千山動」指塋墓整修．引起社會大眾及各級政府之關注與互動，「五路征」指修墓小組出動、向各地安公後裔子孫尋求捐款贊助。

五、余又將頷聯更改二字、成爲「蟒蛇吐氣千山秀、烈馬奔江五路榮」，作爲墓柱聯，此聯用意、乃稱讚墓地山川錦繡與子孫閥閱顯揚，與詩意不盡相同。不可互相替代。

六、「圓塚方臺」、使整修後之文物顯得氣象恢宏，「豐碑碩石」指工程鉅大，施工紮實，成果豐碩，顯示修墓者之事功。

七、明代族先輩興詩公（字雲幕）有詩云，「空山宿草還堪奠、未羨汾陽宰相塋」，於今勝狀怡人，無復空山宿草，更是不羨汾陽宰相塋也。

八、茲當塋墓整修初步完工，爰賦一律抒感，社會賢達以及族人亦多吟詠紀盛，一併彙錄於拙作之後，以誌隆情雅意。（以下附錄各詩、除李行敏、何耿基、徐新民三位先生所作外，其餘均刊入天岳詩社編《平江風景名勝詩詞聯選集》中。）

**附錄一李行敏　故里三墩徐安貞墓修復紀盛・步徐韻**

徐祖當年萬里行，西京書劍會群英，
開元佐治功名著，天寶避胡驛駟征。
勝跡永留騰蟒馬，清芬長挹仰碑銘，
故鄉文物欣恢復，千載春風護古塋。

**注**：行敏現住南京，其故里三墩小洞。

**附錄二彭新煦　徐安貞公墓修復落成**

蟒蛇烈馬駐三墩，徐祖安公厝此村，
宋入岳陽風土記，清刊縣志古墓群。
方臺圓塚光前貌，亮節宏文裕後昆，
蘿蔦淵源沾世澤，春含露筍競凌雲。

**注**：彭爲徐氏女婿，其妻爲傳經之妹。本詩又刊臺灣楚騷吟刊第四十期。

## 附錄三　何耿基　唐侍郎徐安貞公墓修復落成

長安避亂赴平江，綠水青山伴侍郎，
佛寺禪修塵不染，徐坊塚峙骨遺香。
墓前蘭桂川原秀，身後詩文日月長，
蟒馬三墩留勝跡，遺阡重整慰忠良。

（刊平江天岳詩詞）

## 附錄四　胡堅　徐祖安貞公墓整建落成

幕阜來龍駐此村，先生靈寢峙三墩，
蟒蛇吐氣呵墳塔，烈馬奔江發子孫。
瀟洒詩文人共仰，嶙峋志節世同尊，
遺阡重整光前貌，醇酒鮮花謁墓門。

（本詩又刊臺灣楚騷吟刊第四十二期）

## 附錄五 黃文虎　瞻仰徐安貞墓

山既青蔥水既明，故鄉重返拜先生，
才人一代聲名著，文物千秋梓里榮。
烈馬奔江徵偉績，蟒蛇吐氣護佳城，
少年同學蓬萊老，依舊深情繫祖塋。

**注**：作者現住南京，傳經終老台灣，二人少年同學。

## 附錄六 陳學恕　唐侍郎徐安貞墓修復

避胡息影出京城，汨水清兮好濯纓，
前輩斗懸人倚月，後昆椒衍實盈升。
墓園重整光前貌，碑志新刊振舊聲，
比對隱平六相塚，下臺墳塔喜倖存。

**注**：徐祖名作七律詩《聞鄰家理箏》，首聯云：「北斗橫天夜欲闌．愁人倚月思無端」。

## 附錄七　蘇寄農　徐姓修復始祖安貞公墓

避胡徐祖出都門，遁跡湘平養性真，
不伴朝臣逃隴蜀，甘為逸士樂山林。
詩存四庫瞻高韻，墓葬三墩福後昆，
最喜春風吹大地，千年華表又重新。

## 附錄八　張長坤　瞻仰徐公安貞墓

先生晦跡臥三墩，從此平江舉世聞，
詩卷已留千古業，墓園仍讓九州尊。
兵荒馬亂悲天寶，亮節高風振國魂，
工部遺阡遙並峙，德鄰長共挹清芬。

（本詩又刊一九九九年五月湖南詩詞第四十六期）

## 附錄九 徐先覺　始祖安貞公墓修復感賦

隱平六相避胡酋，我祖三墩勝跡留，
錦繡詩文歸翰院，莊嚴唄唱響山陬。
蟒蛇吐氣呵墳塔，鬣馬游江壯古丘，
蘭桂芳香騰遠近，清流逸士亦千秋。

**注：** 鬣馬游江有別於一般烈馬奔江說法。

## 附錄十 徐新民　始祖安貞公墓修復紀盛

盛世欣逢百廢興，千年古墓舊維新，
地靈此處埋忠骨，天寶當時仰藎臣。
文物重光添美景，家聲丕振有傳人，
於今樂歲清明路，旨酒香花奠祖塋。

附錄十一　徐顏丹

## 重修始祖安貞公墓一、二期工程完成感賦

高聳三墩擁白雲，安公古墓至今存，
詩藏四庫懷先澤，德蔭千秋裕後昆。
幸有典型垂亂世，好從文物弔忠魂，
遺阡重整心惶恐，擘畫劬勞不足論。

注：顏丹爲修墓小組負責人，連年與小組成員規劃設計，奔走籌款，監督施工，倍極辛勞而不居功，贏得大眾稱許。

別錄

## 始祖安貞公墓整修一、二期工程竣工呈傳經族長

徐顏丹一九九九、一〇、三一

令名久讓族人崇，修譜修墳力仗公，
海闊能推前進浪，歲寒方識後凋松。
巨篇志乘光凌斗，讜論闢源氣吐虹，
祖墓恢宏欣此日，豐碑永峙竟全功。

（刊臺灣楚騷吟刊四十期）

注一、族長關心家史，經用心考證典籍，改正舊譜錯誤，重新編纂譜稿全卷，皇皇鉅製，供作我族七修家乘藍本。
二、史記謂徐氏肇封祖若木、爲帝顓頊之苗裔，先生據此力斥徐祖少昊之說。

## 重修徐安貞古墓勸捐行

頻年返里修祖塋，初步工程幸完成，圓塚方臺文物顯，
豐碑碩石事功銘。
重整墓園需款鉅，好從自我先掏取，拋磚引玉在求人，
還望同來襄盛舉。
臺北深圳兩族親，德強衛國有誠心，捐輸數萬無難色，
敬祖堪稱第一人。
湘北鄂南親族好，聞聲響應知幾早，平江細户解囊捐，
集腋成裘也不少。

文物維修衆力投，芳名一一刻碑留，鄉親戚友千金擲，
銘感中心莫與儔。
二期主體幸完成，後續工程待進行，無米難炊巧婦拙，
三期籌措費精神。
事非經過不知難，托缽沿門口舌乾，受贈金鈔他不拒，
解囊捐助免多談。
平江族裔多名人，袖手旁觀不近身，倫族瀏陽數萬衆，
三五千元彌足珍。
華容子姓越南客，商賈有成財櫃實，家譜刊修廿萬金，
捐輸祖墓無顏色。

**注：**廿音入，廿萬金、二十萬元人民幣也。

文物保護列單位，政府原來重公器，財用不豐可奈何，
修墳補助無經費。
古墓重修事特殊，同襄盛舉載聲譽，族人尤要盡心力，
免到墳前愧性徐。

# 第九輯

# 庚辰至癸未跨紀吟

（二〇〇〇—二〇〇三）

## 公元兩千年元旦長沙新華酒店迎禧

煙花子正照空明，報竹聲喧歲序更，
寰宇歡騰傳喜訊，中原歌舞樂昇平。
大人祝願花添錦，游子迎禧景觸情，
萬里還鄉來作客，新華眺望不虛行。

## 廊廟　八九、三、二〇

——公元二千年臺灣大選罪言之一——

廊廟將傾必有妖，東南王氣黯然消，
黑金兩道門楣毀，風雨十年棟柱搖。
多士逢君輕社稷，獨夫肆意覆宗祧，
暮春花落隨流水，李滾連翻一去遙。

（刊八十九年九月一日臺北國是評論八十六期）

## 臨江仙．民主 八九、三、三〇

——公元二千年臺灣大選罪言之二——

民主怒潮翻惡浪，波濤直指梟雄，
威權位勢瞬成空，
春歸三月暮，花落水流紅。
兩國特殊關係論，一同有志膨風，
獨臺臺獨喜相逢，
和平移轉政，盡在不言中。

（刊八十九年九月一日臺北國是評論八十六期）

**註**：三一八大選失敗，ＫＭＴ竟然失去政權，實由獨裁匹夫一手造成，忠貞黨員心有未甘，當即群集臺北中央黨部示威，要求某人下臺，連日人潮不退，終於迫使其人於三月廿四日辭黨主席，隨後又遭受撤銷黨籍處分。

## 望江南・庚辰屠龍四則

### 一、鱷化龍

多少恨，世紀末年中，梟獍縱驅離上苑，
鱷魚反教化飛龍，喚雨又呼風。

### 二、雲從龍

當年恨，籍未列軍中，孰料今朝巡禁苑，
如雲猛將盡從龍，自愧少雄風。

### 三、禁騎龍

將軍令，重見夢魂中，還似亞夫屯細柳，
轅門不許上騎龍，夢醒少威風。

## 四、劍屠龍

邦國事，議院質詢中，恰似沙場逢敵將，
唇槍舌劍若屠龍，強勁勝罡風。

## 虞美人．唐內閣

八九、八、一五

族群爭執何時了，彼岸知多少，
議員問政似罡風，問汝如何面對扁強中。
青山碧海依然在，只是圖騰改，
八溪四命縱多愁，不及離中附獨逐波流。

**附註：**

一、爲穩定大選後政局，KMT黨籍前國防部長唐飛被任命以個人身分組閣，但行政實權操在扁總統手中，因執政之民進黨在國會中爲少數黨，內閣施政難得多數支持，在議員質詢時、唐又未直率承認自己是中國人，僅稱自己是中華民國國民，遭受反對黨嚴重質疑，且因渠不支持核電四廠停建案，又因爲八掌溪淹死四條人命，是由行政處置失當所造成，乃被扁政府當作擋路石頭而移開，被迅速撤換下臺，在職僅四個月，爲臺灣近五十年來最短命內閣。（事見當時臺北各報所載）

二、八九、七、二二在嘉義八掌溪大埧上固牀之四名工人、因爲山洪突然衝激而來、無法迅即上岸逃生，陷在洪流中，經人發現緊急求救，卻因救難單位姍姍來遲，致使孤立無助之工人慘遭洪水吞噬，待援時間長達數小時，一一眾多電視記者趕赴現場、將四名緊抱一起之罹難者隨波而逝之情景、一一攝入鏡頭，在新聞報導中、完全呈現在觀眾眼前，引起社會與政壇極度震撼。所謂救難單位，乃是空軍直昇機救難隊，據稱真昇機之出動，必須層層上報至作戰中心，由輪値之上將副參謀總長核准才可，如此顢頇之官場行事作風，真是匪夷所思。（此係當時媒體所揭露之實情）

## 兵工聯誼會喜晤老友劉將軍　八九、六、一〇

一別台端二十年，重逢細訴酒筵邊，
艱難締造浮心底，詭譎風雲見眼前。
戰士臨流思擊楫，將軍撫髀欲揚鞭，
相期再鑄干邪劍，用掃妖氛靖海天。
（刊八十九年十月廿四日臺北校友通訊第七十三期）

## 拜讀鍾愧伯先生家訓詩奉和一律　八九、六、一五

愧公形教亦猶龍，垂示後昆薄萬鍾，
取捨衡量能謹慎，行藏進退便從容。
新民務本成家業，繩武超前耀祖宗，
玉樹芝蘭栽兩岸，穎川滋潤特蔥蘢。

**註**：鍾家屬穎川郡，其自家取名務本堂，子孫分居台海兩岸、興隆閥閱。

## 勉甥女何若松・步姊夫何效忠勉女韻　二千年六月一日

稟賦原來耳目聰，前程似錦願無窮，
奇才天妬明珠暗，玉女神傷世路蒙。
手腦連通由指使，心胸豁達自恢宏，
生涯重劃攻文藝，琴韻詩聲解慍風。

## 附錄　何效忠　勉愛女若松　二千年四月十四日

詩韻琴聲顯汝聰，蒔花種圃勁無窮，
年華正茂明眸瞑，旭日方昇黑霧蒙。
雪壓青松枝更茁，病磨壯士志尤宏，
前途不是茫茫路，學海遨遊正順風。

# 步甥女何若松寄韻三則

## 一、詠蓮

憑欄外望讚蓮枝，不染污泥挺碧池，
露冷葉殘華褪後，苦心團結更堪師。

## 二、西部開發

西部原來好地盤，商機處處世人歡，
資源開發民生利，左柳先知早出關。

## 三、福報

南來雁陣挾飛鴻，甥女傳言願作東，
回道明年將返櫂，相期柿熟醉顏紅。

## 附錄　何若松原韻三首

### 一、詠蓮

玉立婷婷挺碧枝，丰姿搖曳蕩清池，
出淤不染芳香遠，君子風儀是我師。

（刊一九九九年十二月當塗盲人月刊）

### 二、西部開發放歌

聲聲羌笛繞營盤，開拓樓蘭百姓歡，
戈壁新栽楊柳綠，春風勁度玉門關。

### 三、寄鴻

雲淡天高一字鴻，南征請至海嶠東，
尺書煩汝傳阿舅，家釀葡萄照眼紅。

## 兩千年除夕兵工十四期同學迎接新世紀餐會

歲末同窗聚一堂，白頭志士氣昂揚，
歡迎新紀迎新戰，把握刀叉勇上場。

## 新世紀初元金馬廈尾小三通

煙花萬紫又千紅，跨紀歡騰寶島中，
海峽新元風也靜，兩門雙馬好三通。

注：二〇〇一年元旦、臺灣開放金門、廈門、馬祖、馬尾小三通。

## 新元住院病榻吟

二〇〇一年二月

新元運道忒差池，消化失調急就醫，
電照波查排灌淨，枯腸蕭索再無詩。

**端節懷屈原・步甥女何若松原韻**　九〇、七、一〇

大夫賚志沒波濤，願起斯人再賦騷，
爭鬥無窮經濟退，生民苦恨比天高。

**原韻何若松　端節懷屈原**

江上龍舟競碧濤，詩壇處處話離騷，
大夫賚志歸魚腹，浩氣長存日月高。

## 辛已端節前二日效兄八十生日賦此祝福　九〇、七、一〇

龍舟競渡鼓彭彭，五月初三祝今辰，
八十生涯真美善，晚晴吟詠更抒情。

## 附錄 何效忠八十抒懷七絕五首

時光運轉永無窮，八十年來事未空，
臥看天邊鉤樣月，晦明圓缺覺匆匆。

二

黃牛力作是吾師，奮勉耕耘莫笑痴，
待到豐收倉廩實，苦辛回報此其時。

三

奉公勤謹律身嚴，兩袖清風豈偶然，
世變幸能維本色，天生傲骨性難遷。

四

浮生若夢原非夢，世事如棋局局新，
風流人物亦往矣，老夫康健好精神。

五

解職離休度晚年，發揮餘熱寫詩篇，
夕陽燦爛千般媚，老耄文章更值錢。

## 壽胡堅學兄八十・步胡兄壽詩原韻

二〇〇一年四月十五日

梅溪詩稿細吟哦，八十生涯爛縵過，
篋器織編工藝巧，新聞採訪閱人多。
少年立志迎新學，老耄回頭戀幾何？
心廣體胖風骨健，寄情山水逐烟波。

二

同學迄今六十年，羨君妙手著詩篇，
人情物理皆成韻，美女香花巧着邊。
春近延賓冬日暖，歲寒祝嘏臘梅妍，
頌辭一似波濤湧，多士爭誇碩士賢。

注一、胡兄著梅溪詩稿初集、續集，內容含詩詞聯文，梅溪詠物爲專集。
二、少年時代醉心新興事物，後任報社新聞記者，曾被下放至竹編工廠學習，蔑工工藝一書、於一九八五年二月由湖南出版社出版。

## 憂時．政黨輪替週年感賦　二〇〇一、五、二〇

煙塵迷漫望蒼蒼，多少疑難集此方，
經濟民生榮不再，三通一統路偏長。
黑金猖獗伊胡底，政黨輪流夢魘牀，
海上風雲相蕩激，憂思無竟酒連觴。

# 前陸軍武基廠同袍餐會感事一律　九二、一二、一〇

相逢餐會各華顛，還記武基共事年，
海上烽烟頻告急，廠中軍械緊支前。
全臺壹志陸難逞，兩國分邊警又傳，
半紀風雲多詭變，同袍情契石金堅。

（刊九十三年三月三十日臺北軍校校友通訊八十九期）

**附註：**

一、吾儕於民國四十年代初起共事一堂，迄今已半世紀，當時金門砲戰正激，本廠支援任務繁重艱辛，老兵雖老，記憶猶新。

二、一九九九年李登輝提兩國論，二〇〇二年阿扁提一邊一國，惹得海峽情勢高度緊張。

三、詩中嵌「前陸軍武基廠同袍餐會」十字。

## 壬午三月吳蕙仙大姐八十壽筵即席

八千為壽菩提身，草長鶯飛萬象春，
子貴夫榮孫可愛，斯文祝嘏更怡人。

## 壬午七月平兒三十

轉眼於今三十歲，號稱而立卻身單，
從來詩詠宜家室，古調時新不復彈。

南京李行敏鄉兄寄來大作《古今詩文模仿秀》，內容近千首，先睹爲快一氣閱畢，竟日永夜不知東方之既白，仿李白《早發白帝城》七絕一首以誌。

二〇〇二、一二、二七　於臺北

朝辭寢席踞書間，千味詩文夜未還，
兩岸情牽吟不住，輕寒始覺日東山。

## 兵工學院畢業五十週年憶往四則

九二、三、一六

浮海乘桴迄未忘，黌宮幸度好時光，
中原不許供馳騁，怎奈臺灣作戰場。

二

海上烽烟幾度高，協同師旅厲弓力，
盟軍助我援兼至，檢整辛勤教戰勞。

三

鑄礮硎兵精益精，屠龍火箭向天行，
吾儕早起鞭先着，後進經營器晚成。

四

半紀風雲變幻多，驀然回首悵蹉跎，
人生七十才開始，欲向東流挽逝波。

# 東海寄廬七十詩鈔輯成自題卷後

退老原來不自由，紛紜世事惹煩愁，
詠吟酬唱抒情結，七十無求更上樓。

二

幾回桑梓探親行，故舊凋零景物更，
戚友逢迎文酒會，感懷和贈訴中情。

三

連年積稿久縈懷，細審精編付梓排，
敝帚緣何珍若是，只因字字紀生涯。

四

卅年鑄劍愧無成，風雅附庸強學文，
全卷輯成詩不再，好從鄉黨友多聞。

# 附表一、二

# 作品數類統計表．新舊曆年對照表

# 附表一　作品數類統計表

| 區分 | 輯次 | 首數 | 五絕 | 七絕 | 五律 | 七律 | 五古 | 四言 | 雜言 | 詞 |
|---|---|---|---|---|---|---|---|---|---|---|
| 自家作品 | 1 | 49 | 8 | 23 | 2 | 11 | 3 | 1 |  | 1 |
|  | 2 | 21 |  | 5 | 6 | 10 |  |  |  |  |
|  | 3 | 34 |  | 3 | 1 | 18 |  | 2 | 3 | 7 |
|  | 4 | 4 |  |  | 4 |  |  |  |  |  |
|  | 5 | 11 |  | 2 |  | 9 |  |  |  |  |
|  | 6 | 28 |  | 10 | 2 | 15 |  |  |  | 1 |
|  | 7 | 25 | 4 | 12 | 4 | 2 | 3 |  |  |  |
|  | 8 | 22 |  | 11 |  | 10 |  |  |  | 1 |
|  | 9 | 34 |  | 19 |  | 9 |  |  |  | 6 |
|  | 總計 | 228 | 12 | 85 | 19 | 84 | 6 | 3 | 3 | 16 |

| | | | | | | | | | | |
|---|---|---|---|---|---|---|---|---|---|---|
| 親友及其他作品 | 1 | 20 | 1 | 7 |  | 9 | 2 |  |  | 1 |
|  | 2 | 30 |  | 5 | 14 | 10 | 1 |  |  |  |
|  | 3 | 10 |  |  |  | 8 |  | 1 |  | 1 |
|  | 4 | 49 | 16 |  | 28 | 3 |  |  |  | 2 |
|  | 5 | 12 |  | 2 |  | 8 | 1 | 1 |  |  |
|  | 6 | 12 |  |  |  | 11 |  |  |  | 1 |
|  | 7 | 3 |  | 1 |  | 1 | 1 |  |  |  |
|  | 8 | 21 |  |  |  | 20 |  |  |  | 1 |
|  | 9 | 10 |  | 9 |  | 1 |  |  |  |  |
|  | 總計 | 167 | 17 | 24 | 42 | 71 | 5 | 2 |  | 6 |

# 附表二　曆年對照表

| 公　元 | 民　國 | 農曆干支 | 記　　事 |
|---|---|---|---|
| 1977 | 66 | 丁巳 | divorce |
| 1978 | 67 | 戊午 | |
| 1979 | 68 | 己未 | 退伍 |
| 1980 | 69 | 庚申 | |
| 1981 | 70 | 辛酉 | |
| 1982 | 71 | 壬戌 | |
| 1983 | 72 | 癸亥 | |
| 1984 | 73 | 甲子 | |
| 1985 | 74 | 乙丑 | |
| 1986 | 75 | 丙寅 | |
| 1987 | 76 | 丁卯 | |
| 1988 | 77 | 戊辰 | 開放探親 |
| 1989 | 78 | 己巳 | 退伍十年 |
| 1990 | 79 | 庚午 | |
| 1991 | 80 | 辛未 | |
| 1992 | 81 | 壬申 | 平入東吳 |
| 1993 | 82 | 癸酉 | 兵工畢業四十週年 |
| 1994 | 83 | 甲戌 | 初次返鄉 |
| 1995 | 84 | 乙亥 | 勝利五十週年 |
| 1996 | 85 | 丙子 | 七十初度，二次探親 |
| 1997 | 86 | 丁丑 | 香港回歸 |
| 1998 | 87 | 戊寅 | 三次返鄉 |
| 1999 | 88 | 己卯 | 四次返鄉 |
| 2000 | 89 | 庚辰 | 大選 DDP 勝選 |
| 2001 | 90 | 辛已 | 因病住院 |
| 2002 | 91 | 壬午 | |
| 2003 | 92 | 癸未 | |
| 2004 | 93 | 甲申 | 詩集編成 |
| 2005 | 94 | 乙酉 | |